Akono Schmidt

AF185942

Von Ziegen, vom Fliegen, vom Scheitern und vom Siegen

Längere und kürzere Geschichten
aus dem Kopf und aus dem Leben

www.tredition.de

© 2021 Akono Schmidt

Verlag & Druck: tredition GmbH, Halenreie 40-44, 22359 Hamburg

ISBN
978-3-347-31209-8 (Paperback)
978-3-347-31210-4 (Hardcover)
978-3-347-31211-1 (e-Book)

Das Werk, einschließlich seiner Teile, ist urheberrechtlich geschützt. Jede Verwertung ist ohne Zustimmung des Verlages und des Autors unzulässig. Dies gilt insbesondere für die elektronische oder sonstige Vervielfältigung, Übersetzung, Verbreitung und öffentliche Zugänglichmachung.

www.tredition.de

Liebe Leserin, lieber Leser,

wenn man viele Jahre gelebt hat, hat man viel erlebt. Und wenn man es aufschreibt, entstehen Geschichten aus vielen Jahrzehnten. Das ist banal, soll aber im Vorwege mal erwähnt werden, weil junge Leute sich wundern könnten, warum jemand, der sich beispielsweise im Wald verläuft, nicht einfach seine Navi-App anknipst, um wieder unter Menschen zu gelangen. 1992 gab es keine Handys, geschweige denn Smartphones oder Internet.

Deshalb steht zu jeder Story, egal ob erdacht oder erlebt, die Jahreszahl ihrer Handlung – es sei denn, sie geht aus der Geschichte ohnehin hervor.

Danke für dein Interesse an Ziegen und am Fliegen!

Danke auch an die Frau,
die seit Jahrzehnten mit mir lebt,
und mir auch bei der Erstellung dieser Texte
wieder kritisch-solidarisch zur Seite gestanden hat
– und zwar zu jeder Seite.

Inhaltsverzeichnis

* Aus „70 Jahre im Wilden Westen"

Inhaltsverzeichnis

Vom guten Leben (1992)

Ahhhhh!

Er war 42 Jahre jung und stand so richtig voll im Saft: Beruflich lief es seit Jahren bestens. Freunde, Frau, Fressalien – alles auf Spitzenniveau. Schöne Villa in guter Lage, drei Autos vor der Tür und – das war seine Bedingung bei der Heirat gewesen – kinderlos.

Okay, er musste im Job auch was investieren: Zehn, zwölf Stunden täglich mit viel Stress und Ärger, gern auch mal am Wochenende. Der Erfolgsdruck, den er dabei oft fühlte, blieb nicht nur im Kopf, sondern legte sich, bei sehr schlechten Verkaufszahlen, auch auf Bauch und Atmung.

Aber scheiß drauf, im Moment war ihm das sowas von egal! Heute, an diesem herrlichen Sommerabend des Jahres 1992, gönnte er sich mal wieder ein paar Stunden Lebenszeit.

Er drehte die Poweranlage in seinem offenen dunkelgrünen Sportflitzer richtig laut und flog mit der schönen Frau an seiner Seite der untergehenden Sonne entgegen. Ein gutes Stück über der erlaubten Höchstgeschwindigkeit. Sie hatte eine Champagnerflasche zwischen den Knien und versuchte den Draht um den Korken zu lösen. Er sog den Rauch einer *Liberty* tief in die Lungen, bevor er ihn gegen die

Windschutzscheibe blies und genoss, wie er sich im Sonnenlicht kurz veredelte, bevor er vom Fahrtwind fortgerissen wurde.

Auf der CD kam ein Lieblingssong. Er drehte die Anlage noch ein Stück weiter in Richtung Maximum. Der Champagnerkorken flog scheinbar geräuschlos aus Flaschenhals und Wagen. Sie lächelte, mit der Sonne im hellen, lockigen und im Fahrtwind fliegenden Haar und zeigte ihre strahlend weißen Zähne. Sie sah aus, wie Frauen in Werbespots für offene Sportflitzer aussehen, und setzte die Champagnerflasche an die Lippen. Ihr leichtes Sommerkleid flatterte im Wind und gab immer mal für Sekunden den Blick auf die Spitzen ihres BHs frei.

Er griff hinein.

Sie zuckte überrascht zusammen, riss sich den Champagner von den Lippen und prustete den Inhalt ihres Mundes auf das Holz des Handschuhfachs. Aus der Flasche schäumte es in hohem Bogen über ihr Kleid, seinen Ärmel und die beigen Ledersitze. Rechts ein Rastplatz. Hans-Joachim bremste den Wagen auf 100 km/h herunter, raste, nur mit der linken Hand am Steuer, durch die Ausfahrt und brachte das Fahrzeug in einer großen Staubwolke zum Stillstand.

Sie begann sofort mit Stapeln von Papiertaschentüchern die Sitze, sein Jackett und ihr Kleid trocken zu tupfen. Der feuchte Sommerstoff klebte an ihren Schenkeln und zeichnete die schlanke Figur deutlich nach. Als sie sich den mit Champagner gefluteten Schuh auszog, gab ihr Ausschnitt den Blick auf ihre vollen, schön verpackten Brüste frei.

„Komm mit nach hinten", sagte er mit einem Hauch von Wärme in der Stimme, nachdem er sich davon überzeugt hatte, dass sie allein auf dem Parkplatz waren. Sie sah ihn fragend an, verstand und zwängte sich auf die Notsitzbank. Das liebte er an ihr. Sie machte nicht viel Umstände, sondern tat, was er wollte.

Als es nach zwei Minuten warm aus ihm herausströmte, spürte er kurz einen Hauch von Nähe zu sich.

„Bleib noch einen Augenblick in mir", bat sie, aber kaum dass der Druck aus ihm gewichen war, stellte sich das Bewusstsein für die unmögliche Situation ein, in der sie sich gerade befanden. Er konnte nicht, selbst wenn er gewollt hätte.

Sie rückten ihre Klamotten zurecht, sahen aber dennoch ziemlich derangiert aus und beschlossen deshalb, den geplanten Restaurantbesuch zu streichen. Der ebenfalls geplante Spaziergang an der Uferpromenade wurde noch durchgezogen, aber dann ging es heimwärts und sie ließen sich zwei

Pizzen kommen. Er schlang seine während der *Tagesschau* mit einer halben Flasche Beaujolais achtlos hinunter, dann legte sie die DVD *Jenseits von Afrika* ein. Während des Films griff er ihr hin und wieder in den Morgenmantel, den sie statt des Champagner-Kleides übergeworfen hatte. Gegen 22.30 Uhr gab er ihr einen Klaps auf den Po, einen Kuss auf die Wange, sagte „Ich liebe dich" und fuhr zu sich nach Hause.

Seine Frau stand vor dem Fernseher und bügelte seine Garderobe. „Da bin ich!", rief er einen kurzen Gruß ins Wohnzimmer und stellte ein paar Akten neben die Kombination, die sie ihm für den nächsten Morgen bereitgelegt hatte. Dann ging er zu ihr – sie hatte das Bügeln ihm zuliebe eingestellt – brummte etwas von den ewig späten Geschäftsessen und guckte mit ihr den Rest von *Der Sinn des Lebens.* Sie tranken ein paar Calvados, rauchten *Liberty*s und gingen kurz nacheinander zu Bett. Als er nach dem Lichtschalter seiner Nachttischlampe hangelte, spürte er ihren Blick. „Schlaf gut", sagte er und der Lichtschalter machte trocken „knack". Hans-Joachim drehte sich auf die von ihr abgewandte Seite und dachte beim Einschlafen daran, dass die Besprechung um neun beginnen würde, dass er die Tagesordnung vorher noch festlegen und diktieren müsse und sein Referat besser noch einmal überfliegen sollte.

Als er vom Radiowecker mit einem Werbespot für Hundeschokolade geweckt wurde, dachte er daran, dass die Besprechung um neun beginnen würde, dass er vorher noch die Tagesordnung festlegen und diktieren musste und sein Referat noch einmal kurz überfliegen sollte. Beim Frühstück versank er gedanklich in der Tagesordnung und blickte gelegentlich irritiert auf, wenn seine Frau ihn ansprach.

Das Verkehrsstudio melde Stau auf seiner Strecke.

Dies war so ziemlich die einzige Nachricht, die zu dieser Tageszeit in sein Bewusstsein dringen konnte. Er stand noch während der Meldung auf, ließ ein halbes Brötchen liegen, steckte sich eine *Liberty* an, stürzte einen letzten Schluck Kaffee herunter und verließ eilig das Haus. Aus dem offenen Küchenfenster höhnte ihm die Werbung für *Sahama* hinterher: „*Sahama,* die himmlische Frühstücksmargarine, mit der jeder Tag wie ein Sonntag anfängt."

Erst auf dem Weg zu seinem Wagen fiel ihm auf, dass seine Frau heute gar nicht mit an die Haustür gekommen war, um ihn zu verabschieden. Irgendwie schien sie schlecht drauf zu sein in letzter Zeit und er beschloss, ihr demnächst auch mal wieder etwas zu bieten.

II.

Zwei Wochen später standen sie am frühen Nachmittag vor Mortens Yacht.

Morten war Inhaber einer Werbeagentur, die Hans-Joachim oft in Anspruch nahm. Wohl zur Kundenpflege hatte ihm Morten, der für ein paar Monate nach Asien musste, den Schlüssel für die Yacht überlassen. Hans-Joachim überzeugte sich mit einem kurzen Blick auf seine Frau, dass die Überraschung gelungen war. Nein, einen Bootsführerschein hatte er nicht, aber er war schon so oft zu Geschäftsfeiern auf Mortens und anderen Schiffen gewesen, dass er genau wusste, worauf es ankam: „Über 12 Meter lang, alle Aufbauten aus Teakholz, 600-PS-Maschine und mit allen Schikanen an Bord, die unsere Fahrt sicher und angenehm machen", erklärte er seiner Frau fachmännisch.

Sie freute sich wirklich.

Weniger über die 600 PS als über die sechs Stunden, die er sich für sie freigenommen hatte. Er schob den Hebel zur Maschinensteuerung auf mittlere Fahrt und lächelte bei ihrem ängstlich-vergnügten Aufschrei, als sich die Schraube kraftvoll ins Wasser bohrte und den Bug nach oben drückte. Über kleine weiße Schaumkronen stampften sie dem offenen Meer entgegen.

„Mach mal einen Schampus auf!", brüllte Hans-Joachim nach einer Weile gegen Motorgeräusch und Fahrtwind an. Er saß mit freiem Oberkörper hinter dem hölzernen Speichen-Steuerrad mit den Elfenbein-Intarsien. Schon längst hatte er den Motor auf Vollgas gestellt, so dass sie eher über das Meer flogen als zu fahren.

Sie hangelte sich strahlend ins Unterdeck, um seinen Getränkewunsch zu erfüllen. Zwei Flaschen Champagner und etliche *Liberty* später zeigte sie nach vorne links: „Guck mal, eine kleine Insel!"

„Toll, ich schau mal, wo wir anlegen können!", brüllte er zurück und legte das Boot in eine weite Kurve Richtung Eiland. Die Gischt spritzte seitwärts in dicken Flocken auf. Übermütig legte er die Yacht abwechselnd auf die linke und auf die rechte Seite und freute sich an der spielerischen Macht, die er über die 600 PS hatte.

Er umkreiste das kleine Stück Land, das völlig unbewohnt zu sein schien. Nirgendwo ein Hafen oder wenigstens ein Steg in Sicht, also fuhr er auf einen kleinen Sandstrand zu, der zur Landung einlud. Das Schiff unter ihm krachte, bebte, hob ab, seine Frau schrie und er flog mit dem Kopf voran gegen etwas unnachgiebig Hartes. Dann wurde es Nacht um ihn.

III.

Als seine Augen sich einen Spaltbreit öffneten, sah er, wie sich ihr tränenüberströmtes Gesicht zu einem erleichterten Lächeln verzog, ohne dass sie aufhörte zu weinen. Mühsam hob er den Kopf, der vor Schmerzen raste. Ein gutes Stück vor der Insel sah er die Yacht stark zur Seite gekippt im Wasser liegen, das dort höchstens zwanzig Zentimeter tief zu sein schien. Entlang des Kiels zog sich ein langer dunkler Riss. Offensichtlich hatte er das Boot in ganzer Länge auf ein Riff gepflügt und war beim Aufprall erst gegen die Frontscheibe und dann wohl seitlich ins Wasser gefallen, denn er war klatschnass. Er fühlte, dass er auf einer Art Plane lag. Sie war vermutlich das Hilfsmittel gewesen, mit dem seine Frau die 90 Kilo über den Strand zu den Bäumen gezogen hatte, in deren Schatten er jetzt lag.

„Danke", sagte er heiser und ließ mit ihrer Hilfe den Kopf vorsichtig wieder auf die Plane sinken.

IV.

Am nächsten Morgen stand er auf wackeligen Beinen an einen Baum gelehnt und sah sich um. Seine Frau hatte während seines komatösen Schlafs die halbe Yacht demontiert und an Land geschleppt: Geschirr, Töpfe, Bestecke und den Propangaskocher.

Das Hardtop des Sonnendecks hatte sie zu einer überdachten Behausung gemacht, die im Kriechgang bewohnbar war. Matratzen und Decken lagen drum herum zum Trocknen in der Sonne. Ein paar Meter vor dem Eingang zum Hardtop sah er eine offene Feuerstelle, auf der etwas kochte, was er anhand der danebenliegenden leeren Dose aus zehn Metern Entfernung als Lacroix-Schildkrötensuppe identifizieren konnte. „Immerhin", knurrte er – und wenn sie es hätte hören können, wäre ihr der anerkennende Ton aufgefallen, in dem er geknurrt hatte.

Sein Blick wanderte zur Yacht auf der Sandbank.

Er stutzte, zog die Augen zu schmalen Schlitzen zusammen und streckte den Hals zentimeterweise dem Meer entgegen. „Da", kam es heiser von seinen Lippen, „da!" Wie von fremden Kräften gesteuert hob sich sein rechter Arm und zeigte über die Yacht hinaus auf eine kleine Silhouette. „Ein Schiff!", schrie er, humpelte Richtung Hardtop-Hütte, riss ein Bettlaken an sich, hielt es zwischen den ausgestreckten Armen über den Kopf und hinkte zum Ufer. „Hier! Hallo! Hilfe!", brüllte er gegen das Meer an. Sein Körper krümmte sich bei der Anstrengung des Schreiens.

Die Frau setzte sich neben die Feuerstelle und nahm die Suppe vom Kocher. Lacroix-Suppen darf man nur erhitzen, nicht kochen.

Traurig blickte sie auf den tobenden Mann am Strand. Gottseidank konnte ihn keiner seiner Geschäftsfreunde so sehen: mit den dürren braunen Ärmchen, die das Laken zum Himmel streckten, dem kräftigen weißen Bauchansatz, der unter dem hochgerutschten T-Shirt über den Shortsgürtel quoll und den zwei dünnen Beinchen, die wie zwei ungebackene Baguettes im Sand steckten.

Und dann diese absolut sinnlose Aktion, das Schiff am Horizont auf diese Weise aufmerksam machen zu wollen!

Sie war erschrocken, wie würdelos ihr Manager in Not auf sie wirkte.

„Mach doch etwas!", schrie er zu ihr herauf, ohne das Laken sinken zu lassen. „Mach irgendwas! Schwimm zur Yacht und drück das Signalhorn!!"

„Das funktioniert nicht!"

„Es muss gehen, los, versuche es!!!"

Sie rührte die Suppe um, damit sie ein wenig abkühlte. ‚Das Signalhorn der Yacht', dachte sie. Wie verzweifelt hatte sie gestern versucht, dem Funkgerät, dem Radio und dem Horn einen Ton zu entlocken. Alles war tot. Ganz offensichtlich hatte es einen Kurzschluss gegeben und die Technik war am Ende.

„Warum tust du nichts?!", schrie er verzweifelt, sah zu ihr hinauf und kam angerannt, als er sie in der Suppe rühren sah. Er trat den Kochtopf um und kreischte: „Willst du hier verrecken? Warum hilfst du nicht, das Schiff auf uns aufmerksam zu machen?"

„Weil ich für die sinnvollen Aufgaben zuständig bin", erwiderte sie ruhig. „Die Suppe hätte uns mehr geholfen als dein Veitstanz am Strand. In der Yacht ist ein Kurzschluss, das Horn macht keinen Mucks."

Fassungslos starrte er auf die Frau zu seinen Füßen, ließ das Laken aus den Händen gleiten und fiel so langsam neben sie, als wenn man ihm die Luft rausgelassen hätte. Er hielt sich den schmerzenden Schädel und fing leise an zu weinen.

V.

Zwei Tage brauchte er noch, um wegzurennen, zurückzukommen, zu streiten, zu fluchen, zu heulen, zu beten, zu schreien und das ständige Wechselbad zwischen Selbstaufgabe und Anflügen von Zuversicht zu beenden. Dann hatte sie den Eindruck, er sei wieder halbwegs zurechnungsfähig.

„Schaffen wir es?", fragte sie vorsichtig.

„Hm."

„Heißt das eher Ja oder Nein?"

„Ja", erwiderte er nachdenklich, „ich denke, wir schaffen es, weil wir es schaffen müssen."

Sie schlug die Hände vors Gesicht und ließ den Tränen freien Lauf, die zwischen ihren Fingern in kleinen Bächen über die Handrücken flossen. „Hans-Joachim", brachte sie schluchzend hervor, „ich bin so froh, dass du das sagst." Sie ging auf ihn zu und schlang ihre Arme um ihn. Ihr molliger Körper zuckte. Sie sammelte sich einen Augenblick, trat dann einen Schritt zurück, lächelte aus verheulten Augen und fragte: „Quellwasser oder Schampus?"

„Haben wir Quellwasser und Champagner?", fragte er ungläubig.

„Ja, ich habe eine kleine Quelle gefunden und auf der Yacht war nichts so reichlich wie Champagner." Sie grinste und hob eine dicke Grassode vom Boden hoch, die auf ein paar quergelegten Stöcken lag. Darunter war ein 50 Zentimeter tiefes Loch, gefüllt mit vielen Champagner-Flaschen und wenigen Lebensmitteln. „Unser Kühlschrank", präsentierte sie das Werk. „Mit Nahrungsmitteln sieht es schlecht aus. Das meiste, was an Bord war, haben wir schon verbraucht."

Sie setzten sich unter die schattenspendenden Bäume. Es gab verhältnismäßig kühlen Champagner und die beiden letzten Gläschen Kaviar.

„Dass du so praktisch veranlagt bist", sagte er und sah ihr zum ersten Mal seit dem Unfall tief und offen in die Augen.

Seit dem Unfall?

Nein, es war viel länger her, seit er sie das letzte Mal so angesehen hatte. „Hast du keine Angst hier?"

„Doch, aber nicht soviel wie bei uns nach 23 Uhr im Park", grinste sie.

„Es sieht so aus, als ob wir hier nicht so schnell wieder wegkommen werden."

„Ja", nickte sie und verlor ein paar Tränen.

„Ich habe mich wie ein Idiot benommen …"

„Du warst mit den Nerven am Ende."

„Du machst mir keinen Vorwurf?"

„Quatsch." Sie schüttelte unwillig den Kopf.

Er legte seinen Arm um ihre Schultern und zog sie auf den warmen Boden. Ein angenehmer Körpergeruch stieg von ihr auf. Hatte sie schon immer so gut gerochen? Er fuhr mit der Nase an ihrem Hals entlang und über die Wange in ihr Haar. Seine Hand wanderte über die Hüften zwischen ihre Schenkel.

„Hör auf!", sagte sie energisch, entzog sich ihm und stand ruhig auf. „Ich muss erst wissen, wie wir hier überleben können."

„So nicht!", schrie er wie ein trotziger Junge, riss ein paar Grashalme aus und warf sie gegen den leichten Wind in ihre Richtung.

„Sei kein Kind!" Ihre Stimme war jetzt scharf und energisch. „Bevor die Sonne untergeht, will ich wissen, ob wir hier irgendwas Essbares finden", sagte sie und stand auf. Du kannst mitkommen oder versuchen, eine Angel zu bauen. Fisch ist immer noch das Naheliegendste."

Er sah sie dumm an.

Genau diese Klarheit und Stärke waren es gewesen, die ihn einstmals so an ihr fasziniert hatten. Im Laufe ihrer neunjährigen Ehe war irgendwie nichts mehr übrig geblieben von ihrer natürlichen Stärke, aber jetzt, in dieser extremen Situation, kam sie wieder voll zum Vorschein. Oder fiel sie ihm erst hier wieder auf?

Lange blickte er der Frau hinterher, bis der Wald sie ganz verschluckt hatte.

VI

Ziegen hatte sie gefunden.
Eine ganze Herde.
Bestimmt 40 Tiere grasten auf einer Lichtung in der Inselmitte.

Als sie ihm ihre Entdeckung schon von Weitem entgegenrief, sprang er auf, lief ihr entgegen und schlang seine Arme so heftig um sie, dass ihr kurz die Luft wegblieb. Dann tanzten sie Arm in Arm den Tanz der Glückseligen. Ziegen versprachen Milch, Fleisch und vor allem Menschen. Niemals konnte die Herde sich auf diesem Fleckchen Erde frei entwickelt haben. Die Tiere gehörten jemandem und dieser Jemand musste irgendwann kommen, um nach seinen Viechern zu gucken.

Aber wie sollten sie bis dahin von dieser theoretischen Lebensversicherung praktischen Nutzen haben? Lebendige Ziegen lieferten weder Milch in Tüten noch tiefgekühlte Steaks. Man musste sie melken, töten und schlachten, um sie nutzen zu können …

Also doch angeln.

In der Yacht fanden sie ein paar Haken und viele Meter Sehne. Das Material reichte für vier Ruten, die sie aus Stöcken aus dem Wald bastelten. In den Resten der umgetretenen Schildkrötensuppe suchten sie einige Rind- und Kalbfleischstücke, die als Köder dienen mussten. Sie rammten die Ruten tief in den Sandstrand und schwammen mit den Haken ins tiefere Wasser hinaus, um dort zwei von ihnen mit Kieseln beschwert zu Boden sinken zu lassen und zwei mit Holzposen der Strömung zu übergeben.

Auf dem Rückweg wateten sie zur Yacht und Hans-Joachim machte den Versuch, die Technik wieder in Gang zu setzen. Bereits nach zehn Minuten entnahm sie einer wilden Fluchsalve aus dem Unterdeck, dass er erfolglos geblieben war.

Sie blickte auf die Insel.

Es war ein kleines Paradies.

Wie oft hatten sie früher davon gesprochen, dem Stadt- und Berufsleben zu entfliehen und sich auf ein kleines Fleckchen stilles Land zurückzuziehen, wo man wieder ganz bei sich selbst und beieinander sein konnte? War es nicht diese Insel, von der sie damals geträumt hatten?

„Ich habe Hunger", meldete Hans-Joachim sich zu Wort „und Schmachter."

Sie schwieg.

„Ich habe Hunger und Schmachter, verdammte Scheiße!"

„Dann solltest du etwas essen und danach eine rauchen."

„Ich habe aber weder Zigaretten noch einen einzigen elenden Fisch! Ich sitze hier mitten im Meer und habe nicht einen einzigen verdammten Fisch an der Angel!"

Sie schwieg.

„Hey! Sprichst du nicht mit mir oder was?"

„Ich hab auch weder Fisch noch Zigaretten und ich kenne auch kein Geschäft in der Nähe, wo ich beides mal eben besorgen könnte."

„Willst du mich verarschen?" Er wirkte bedrohlich.

„Ich will dich nicht verarschen, sondern dir sagen, dass es nichts nützt, wenn wir uns gegenseitig vorjammern, was wir alles nicht haben."

„Und ich will dir sagen, dass mir deine Klugscheißerei auf den Sack geht!", rief er, sprang über Bord und kraulte wild in Richtung Strand, obwohl der größte Teil der Strecke maximal bauchtief und gut zu Fuß zu bewältigen war.

VII

„Warst du noch mal bei den Angeln?", fragte er kleinlaut, als sie nach Einbruch der Dunkelheit am Hardtop eintraf.

„Ich habe sie die ganze Zeit im Auge behalten – leider nichts. Und du? Wo warst du?"

„Ich war bei den Ziegen."

„Und?" Sie blickte hoffnungsvoll auf ihn hinunter.

„Nein, nein – ich kann das nicht."

„Hast du sonst etwas Essbares gefunden, Früchte oder sowas?"

„Hab ich nicht gesucht. Ich fürchte, hier gibt es auch nichts dergleichen."

„Ich habe gestern auch nichts gesehen."

„Du wirst mir immer unheimlicher mit deiner Ruhe, deiner Toleranz und deinem Überlebenstalent", maulte er mit einem guten Schuss Anerkennung in der Stimme.

„Ich glaube, ich habe es hier leichter als du. Ich war die letzten drei Jahre unserer Ehe auf mich allein gestellt. Da habe ich mich daran gewöhnt, mich um mich selbst zu kümmern. Du musst erst zurück zu dir finden, bevor du gut zu dir und dann womöglich auch wieder zu mir sein kannst."

„Oha, jetzt wird´s tsüchologisch!"

VIII.

„Hast du keinen Hunger?"

„Doch, na klar", lächelte sie mild über die doofe Frage.

„Traust du dich das mit den Ziegen?"

„Männersache!"

Er meinte sich verhört zu haben: „Bitte?!"

„Das ist Männersache", wiederholte sie. „Noch jedenfalls. Vielleicht ist es schon bald meine Sache. Schätze, das hängt davon ab, wie stark der Hunger mein Leben bedroht."

„Ich kann das nicht", sagte er zerknirscht.

„Ich auch nicht. Ich habe die Angeln draußen gelassen, vielleicht hängt ja morgen früh etwas dran. Gute Nacht."

IX.

„Nichts", sagte er resigniert, als er von der morgendlichen Inspektion der Angeln zurückkam. „Nicht ein Fisch hat gebissen. Das gibt es doch gar nicht!"

„Waren die Köder noch okay?"

„Ich habe Neue aufgezogen. Das Wasser hatte die an den Posen praktisch aufgelöst und die Grundhaken waren blank, vermutlich Krebse."

„Danke, dass du dich gekümmert hast", sagte sie lieb. „Trink möglichst viel Wasser, das dämpft den Hunger. Oder Schampus, das hebt die Stimmung."

„Ich geh jetzt zu den Ziegen!", stieß er entschlossen hervor.

„Soll ich mitkommen?"

„Das ist Männersache", zitierte er ironisch, griff sich das große Fleischmesser und verschwand im Wald.

Die Sonne hatte den Zenit schon überschritten, als er wieder vor dem Hardtop stand. „Ich kann es nicht", sagte er und ließ sich willenlos auf den Boden fallen. „Warst du bei den Angeln?"

„Nichts", kam die fast tonlose Antwort.

„Ich werde die Ruten woanders aufstellen."

„Gute Idee", sagte sie, ohne dass sich ihr leerer Blick belebte.

X.

Als die Sonne am nächsten Morgen ihre ersten Strahlen über den Horizont streckte, waren sie bereits auf dem Weg zu den Angelruten. Euphorie machte sich in ihnen breit. Sie hatten das sichere Gefühl, heute nicht vergebens ans Wasser zu laufen. „Meinst du, an den tiefen Ködern hat zuerst etwas gebissen oder an denen mit den Posen?", fragte er, während sie mit schnellen Schritten durch den Sand gingen.

„Ich glaube, eher an denen mit den Posen."

„Glaub ich auch", grinste er.

Und sie sollten recht behalten.

An beiden flach schwimmenden Ködern war geknabbert worden, aber leider hatte kein Fisch den

Haken geschluckt. Fassungslos blickten sie auf die Reste der letzten Lacroix-Fleischstücke.

Die Frau war am Ende. Sie ließ sich in den Sand fallen, drehte sich auf den Bauch, vergrub ihr Gesicht in den verschränkten Armen und schluchzte: „Ich kann nicht mehr, ich kann einfach nicht mehr." Hans-Joachim starrte mit versteinertem Gesicht auf die Silhouette eines Schiffes am Horizont. Langsam bohrte er die Ruten tief in den Sand, nahm sich die Haken mit den unberührten und den angenagten Ködern und schwamm hinaus, um sie möglichst weit draußen wieder der Hoffnung zu überlassen. Dann kam er mit ruhigen starken Zügen zur Untiefe zurück, watete ans Ufer und ging wortlos an der Frau vorbei, die nach wie vor das Gesicht in den Armen vergraben hatte. Am Hardtop nahm er sich die beiden größten Messer und wetzte die Klingen aneinander, um sie noch schärfer zu machen, als sie ohnehin schon waren. Mit dem Daumen prüft er das Ergebnis seiner Arbeit und ging in den Wald.

XI.

Die Ziegen grasten ruhig auf ihrer Lichtung. Hans-Joachim trat gebückt und möglichst geräuschlos aus der Deckung der Büsche. Die Tiere nahmen keine Notiz von ihm. Er pflückte ein Büschel besonders saftiger Kräuter und hielt es in seiner ausgestreckten rechten Hand vor sich. Fuß um Fuß näherte er sich einem jungen Tier in seiner Nähe. „Komm, Kleines", lockte er, „komm, hier hast du etwas Feines. Habe ich für dich mitgebracht, so etwas Leckeres findest du sonst nicht. Komm, koste mal."

Das Tier hob den Kopf und glotzte ihn aus großen kugelrunden und hervorstehenden Augen an. Als er den nächsten kleinen Schritt machte, sah er, wie es die Muskeln zur Flucht spannte. Fast die ganze Herde hob die Köpfe und beobachtete gespannt das fremde Wesen in ihrer Nähe. Hans-Joachim blieb stehen. „Komm, Zicklein", lockte er mit leiser Stimme.

Das Tier glotzte.

Hans-Joachim ließ sich ganz langsam auf die Knöchel seiner linken Hand sinken, die das Messer fest umklammert hielt. Er wollte nicht so viel größer sein, als die Ziegen. Steif hielt er die Rechte mit den Kräutern vorgestreckt. Sein Körper fing an, sich zu verkrampfen, aber die innere Anspannung ließ ihn den Schmerz überwinden. „Komm, Kleines, komm doch", lockte er und spürte, wie sich eine animalische Nähe zu dem Tier in ihm entwickelte.

Die Ziegen, die am weitesten von ihm entfernt waren, begannen wieder zu grasen. Hans-Joachim verlor das Gefühl im linken Arm und konnte den rechten nur noch mit Mühe hochhalten. „Komm", lockte er, „ja, komm."

Zögernd machte das Jungtier ein paar Schritte in seine Richtung.

Das Herz des Mannes schlug bis zum Hals. „Durchhalten", hämmerte es in seinem Hirn, „durchhalten".

Das Zicklein war bis auf zwei Schritte an ihn heran. „Ja, komm, mein Kleines." Er konnte den Geruch des Tieres jetzt deutlich wahrnehmen.

Schnapp - der kleine Kopf war vorgeschnellt und hatte die Spitzen einiger Kräuter erwischt, die er ihm hinhielt. Langsam, ganz langsam zog er den rechten Arm dichter dazu sich heran. Das Tier folgte den Kräutern einen weiteren Schritt, schnappte erneut zu, da warf sich Hans-Joachim mit seinem ganzen Gewicht darauf. Er fühlte, wie ein Knochen unter ihm knackte und die Ziege sich dennoch mit wilden Bewegungen befreien wollte. Mit aller Kraft hielt er sie am Boden und setzte sich rittlings auf den zappelnden Leib. Ohne es bewusst wahrzunehmen, fühlte er die Wärme des fremden Körpers, ja er spürte sogar das heftige Schlagen des fremden Herzens in seinen Beinen. Der intensive Geruch der Ziege war ihm so vertraut, als gehörte er selbst zu der Herde, die erschrocken ein paar Meter weggesprungen war, um aus sicherer Entfernung das unglaubliche Schauspiel zu beäugen. Mit dem festem Griff seiner Rechten zog er den Kopf des Tieres an seine Brust. Er fühlte den fremden Pulsschlag in seiner Hand. Mit der Linken setzte er das Messer an und zog es quer über den Hals. Warmes Blut lief ihm über die Brust und hinunter auf die Oberschenkel, aber die heftigen Fluchtbewegungen unter ihm ließen nicht nach. Sein Griff auch nicht. Eisern hielt er den zappelnden Schädel an seine Brust gepresst. An den Innenseiten seiner Beine spürte er zuerst, wie das Leben aus dem Tier unter ihm entwich. Das Zappeln wurde mit nachlassendem Herzschlag schwächer. Der Atem, der ihm aus dem zurückgebogenen Kopf direkt ins Gesicht geblasen hatte, ließ nach. Seine Muskeln entspannten sich, wie die des Tieres, so, als ob er selbst an dem versiegenden Herzschlag hing. Dann wurde das Tier weich. Hans-Joachim ließ sich auf die Seite fallen und würgte aus leerem Magen.

Es dauerte wohl an die zehn Minuten, bis er sich wieder aufrichten konnte.

Erschöpft blickte er auf die junge Ziege, die er immer noch zwischen seinen Beinen hielt. Er stand auf, hob den leblosen warmen Körper an seine blutverschmierte Brust und ging in Richtung Hardtop.

Wortlos legte er seiner Frau das Tier vor die Füße.

XII.

Grillfleisch und Champagner.

Die Sonne stand hoch über ihrem Essplatz unter den Bäumen.

Wortlos nagten sie an ihren Bratenstücken.

Hans-Joachim fühlte sich ungewohnt.

Er spürte seinen Körper.

Er fühlte ihn so intensiv wie seit Jahren nicht mehr.

Alles an ihm war lebendig.

Seine Arme und Beine kribbelten vor Leben.

Er spürte die Kraft seiner Muskulatur, obwohl er ganz ruhig am Boden saß.

Auch das Sitzen fühlte sich so anders an als sonst.

Er saß ganz fest.

Durch seine Pobacken fühlte er die kleinen Unebenheiten des Bodens unter sich.

Seine nackten Fußsohlen nahmen durch das Gras, das jetzt langsam feucht wurde, die Kraft auf, die von der Erde ausgeht.

Er war ganz ruhig.

So ruhig, dass er immer wieder in sich hinein-fühlen musste, um dieses neue Empfinden als Reali-tät anzunehmen.

Doch, diese Ruhe und diese Vitalität waren real.

Je mehr ihm dies bewusst wurde, desto stärker wurde das Glücksgefühl, dass ihn warm durchströmte. Und dieses Glück, dass sich da aus ihm selbst speiste, gab ihm ein ungeheures Gefühl von Freiheit und Stärke. Er hatte den Eindruck, aus eigener Kraft alles bestehen zu können, was sie auf dieser Reise noch erwarten mochte.

Langsam legte er den Rest seines Fleischstücks auf den Teller, ließ sich rückwärts zu Boden sinken, drehte sich auf den Bauch und streckte Arme und Beine aus. Er nahm die Kraft der Erde in seinen Körper auf. Dies war der Boden, der die Pflanzen wachsen ließ. Diese Krumen gebaren das Leben, das Bäume, Gräser und Ziegen leben ließ.

Und Menschen.

Sanft strich ihm ein leichter Wind über den Rücken. Eine Spinne kletterte über seine linke Hand. Er ließ sie gewähren. ‚Sie ist Teil des Ganzen', dachte er. ‚Sie hat ihren Sinn und ihren Platz in der Natur, wie ich selbst.'

‚Ich?', überlegte er. ‚Habe ich so viel Sinn in der Natur wie diese kleine Spinne?'

„Ist dein Fleisch nicht gut?", hörte er seine Frau wie aus weiter Ferne.

„Doch, doch."

„Warum hast du dich denn hingelegt?"

„Weil es mir so gut geht. Lege dich bitte neben mich."

„Sei nicht albern, Hans-Joachim, was ist los mit dir?"

„Bitte leg dich neben mich …"

„Ich bin doch noch am Essen und will gleich nach den Angeln sehen."

„Wir haben doch Fleisch genug für die nächsten Tage."

„Ja, aber wir brauchen auch Fisch!"

Er stemmte sich auf die Knie und richtete sich auf. Von hinten legt er seine Arme um die Frau und steckte seine Nase in ihre Nackenhaare. Dann zog er seine Brust fest an ihren Rücken und spürte trotz der hohen Temperaturen, wie die Wärme ihrer Körper sich gegenseitig auflud.

„Bitte nicht!", sagte sie energisch. „Ich mag nicht."

„Ich will doch gar nichts."

„Dann lass mich los."

Hans-Joachim ließ los.

„Weißt du …", versuchte er seinen Zustand zu erklären …

„Ja, ich weiß!"

„Nein, ich möchte etwas erklären."

„Hans-Joachim, ich habe deine Nähe in den letzten Jahren sehr vermisst. Ich habe das Gefühl, dass sich einiges zum Guten wenden wird, wenn wir hier durchkommen, aber mit Sex kann ich hier und jetzt gar nichts anfangen. Bitte lass mich zu den Angeln gehen, bevor es völlig dunkel ist."

Sie stand auf und er ließ sich zurück auf den Boden gleiten. Er drehte sich auf den Rücken und blickte in den Abendhimmel, an dem die ersten Sterne zu erkennen waren.

Tausend Millionen, vielleicht auch tausend Milliarden Kilometer entfernt.

So weit weg jedenfalls, dass es sich seiner Vorstellungskraft entzog.

Wie gigantisch war das alles und was für ein bedeutungsloses Nichts war man selbst angesichts dieser unfassbaren Weite.

Fischkonserven!

Er dachte an die Fischkonserven, die sonst sein Leben bestimmten. Konnte es etwas Unwichtigeres geben? Tag und Nacht kämpfte er darum, dass seine Konserven in den Regalen der Ladenketten besser platziert waren als die anderer Firmen. Für diesen alleinigen Zweck gab er Feierabende und Wochenenden her, machte er Marktanalysen und Werbespots, opferte er Schlaf und die Fähigkeit, wie ein Mensch zu fühlen und zu leben. Eine Schande!

„Tja", hörte er seine Frau zurückkommen, „kein einziger Fisch hat gebissen."

„Macht nichts, wir haben Wasser, Fleisch und Schampus, Kathy. Und eine Ziegenherde, die jemandem gehört, der hier früher oder später aufkreuzen wird."

Sie krochen unter das Hardtop und Hans-Joachim drängte sich dicht an ihren Rücken. Sie war steif und angespannt. Erst als sie bemerkte, dass er seine Nähe ohne Anspruch auf Gegenleistung gab, entspannte sie sich langsam und lächelte leicht, bis der Schlaf beide übermannte.

Er warf sich auf die linke Seite, auf die rechte, auf den Rücken und merkte, dass er nicht mehr schlafen konnte. Als er die Augen aufschlug, stellte er fest, dass seine Frau halb aufgerichtet auf ihrer Matratze saß und horchte. Ein scharfes Geräusch durchschnitt die friedliche Stille aus der Ferne. „Das ist ein Bootsmotor", stieß sie aufgeregt hervor. „Hans-Joachim! Ein Bootsmotor!"

„Oh …", sagte er mit leiser rauer Stimme. „Noch nicht. Bitte noch nicht."

Jelena (1995)

Es war gegen zwei Uhr nachts in einer kleinen alten Stadtvilla in der Luisenstraße in Hamburg.

Wolfgang Schuster zog sich die Bettdecke vom Kopf und lauschte in die Stille des Hauses. Neben ihm lag seine Frau. Unruhig drehte sie sich von einer Seite auf die andere. Auf der nahegelegenen Bundesstraße fuhr ein schwerer Lastwagen vorbei und ließ die beiden Glasmobiles am Schlafzimmerfenster vibrieren. „Nein!", hörte er aus dem ersten Stock. „Nein! Geht weg! Hilfe! Nein, nein, nein!" Schuster wälzte sich schlaftrunken aus dem Bett, warf sich den Bademantel über und hastete zur Tür.

„Wolfgang?", kam es aus dem Bett hinter ihm.

„Sie träumt wieder", raunte er halblaut zurück, verließ das Zimmer und nahm zwei Stufen der Treppe nach oben auf einmal.

Leise öffnete er die Tür, hinter der jetzt nur ein wimmerndes Schluchzen und gelegentlich ein paar unverständliche Wortfetzen zu hören waren. Schuster blickte zu dem Bett neben dem Fenster, das trotz der geschlossenen Vorhänge durch die vor dem Haus stehende Straßenlaterne noch schemenhaft zu erkennen war. Die Bettdecke war ein einziges großes Knäuel, das von zwei dünnen Armen umschlungen an die Brust eines jungen Mädchens gepresst wurde. Das Kind war schweißnass, halblange pechschwarze Haare klebten an seiner Stirn.

Schuster setzte sich auf die Bettkante, legte eine Hand sanft auf den bebenden Rücken und sagte „Ist ja gut, Jelena. Alles wird wieder gut. Du brauchst keine Angst mehr zu haben ..." Das Mädchen schlug die Augen auf.

„Nicht!", sagte sie schroff und schob Müllers Arm energisch beiseite.

„Aber Jelena ..."

„Lass mich", kam es etwas verbindlicher, aber sie rückte zugleich ein Stück weiter von ihm ab und behielt eine Spannung im Körper, die keine weitere Annäherung zuließ.

„Jelena", kam eine ruhige Frauenstimme von der Tür. „Alles klar?"

„Ich hatte Angst gehabt", sagte die Kleine entschuldigend und mit einem vertrauensvollen Blick auf Wolfgangs Frau Jutta.

Jutta kam von der Tür herüber, setzte sich neben ihren Mann auf dem Bettrand, streckte ihre Arme nach dem Mädchen aus, zog es zu sich heran und legte seinen Kopf in ihren Schoß. „Willst du mit uns über deinen Traum sprechen?" Jelena schüttelte den Kopf. „Willst du mit mir allein darüber reden?"

„Nein."

„Ist gut, mein Schatz", sagte Jutta und strich der Kleinen liebevoll die klebrigen Haarsträhnen aus der Stirn. „Meinst du denn, dass du nun wieder schlafen kannst, ohne dass die bösen Träume wieder- kommen?"

„Ja", sagte Jelena leise und legt ihre Hand auf Juttas Unterarm.

„Na schön," meinte Wolfgang mit trockener Stimme, erhob sich vom Bettrand und streichelte dem Mädchen kurz übers Haar. „Dann werde ich mich mal wieder verziehen. Schlaf gut, Jelena, und lass uns hoffen, dass morgen die Sonne wieder scheint." Er gab seiner Frau einen freundlichen Klaps auf die Schulter und ging mit schweren Schritten die Treppe hinunter.

Als Jutta einige Minuten später im ehelichen Schlafzimmer eintraf, fand sie ihren Mann bei Licht aufrecht sitzend im Bett. Das Kopfkissen, dass er sich sorgfältig hinter den Rücken gestopft hatte, ließ da- rauf schließen, dass er sich für länger eingerichtet hatte. Sie wusste, was nun kam.

„Sei nicht gekränkt, Wolfgang", griff sie ihm vor, kroch unter ihre Decke und legte ihren Kopf an seine

Schulter. „Es hat bestimmt nichts mit dir zu tun, es liegt an ihrer Vergangenheit."

„Glaube ich ja auch, aber trotzdem finde ich es traurig, dass sich unser Verhältnis überhaupt nicht weiterentwickelt."

„Ja, das stimmt, es ist schwierig mit euch beiden, aber insgesamt ist sie doch schon wesentlich zugänglicher als am Anfang."

„Zu dir."

„Zu dir auch. Guck mal, sie lässt sich sogar schon manchmal streicheln, wenn …"

„… wenn sie bei dir im Arm liegt. Ich muss ehrlich sagen, nach drei Jahren Therapie erwarte ich allmählich schon etwas mehr."

„Wolfgang, es gibt Erwachsene, die laufen zehn Jahre zur Psychotherapie und haben den Schutzpanzer um ihre verletzte Seele noch nicht öffnen können. Wir dürfen Jelena gegenüber nicht ungerecht sein."

„Ich weiß nicht, ob ich das noch Jahre aushalte. Hoffentlich war es kein Fehler, die Kleine aufzunehmen. Es ist furchtbar, wenn man jemandem Liebe entgegenbringt und immer zurückgewiesen wird."

„Ja, das ist schlimm, aber heißt Liebe nicht auch Geduld zu beweisen? Liebe kann man nun einmal nicht erzwingen."

„Weiß ich."

Sie wartete ein paar Sekunden: „Wollen wir wieder schlafen?"

„Ja."

„Ich liebe dich."

„Danke."

Wolfgang löschte das Licht, drehte sich auf seine Einschlafseite und Jutta kuschelte sich an seinen Rücken.

II.

Ein fisseliger Sprühregen wurde in Böen an die Fenster geweht und hatte Mühe, sich dort zu Tropfen zu sammeln, die schwer genug waren, um in nassen Bahnen nach unten laufen zu können. Wolfgang blickte missmutig auf die fast blinden Scheiben und kaute lustlos an seinem Frühstücksbrötchen. „Das soll nun das Frühjahr sein?", nörgelte er.

Jelena sah ihn mit ernsten Augen an: „Es ist schon das vierte Frühjahr, das ich in Hamburg lebe, und alle waren so wie diese."

„Quatsch!", kam es etwas zu energisch zurück. „Vor zwei Jahren hatten wir im Mai schon 22 Grad und in Süddeutschland hat es gegossen wie bei der Sintflut." Wolfgang hatte es gar nicht gern, das Hamburg in dem Ruf von immer schlechtem Wetter stand.

Was hatte er schon für herrliche Sommer hier erlebt, das war manchmal schon zu viel des Guten gewesen!

„Bei uns war es immer warm im Mai, mit blauem Himmel und Sonnenschein."

Er merkte, wie ihm der Bissen im Hals stecken blieb. Für den Bruchteil einer Sekunde ließ er seinen Blick von Jelena zu Jutta fliegen. Die saß da, strich sich Honig auf ihr Brot und hatte, das registrierte er sofort, ein kleines schelmisches Grinsen um die Mundwinkel.

„Bei uns."

Jelena hatte diese Wörter zum ersten Mal in den Mund genommen.

Wolfgang würgte seinen Bissen hinunter und sagte so normal, wie er konnte: „Ja, bei euch! Das glaube ich gern. Bei euch ist die Sonne ja auch zu Hause, hier ist sie nur mal zu Besuch."

„Hm." Jelena nickte.

Gespannt blickte er auf die Kleine, die nun auch schon zwölf Jahre alt war, und ließ sein Gehirn auf Hochtouren laufen, um einen unverfänglichen Weg zur Fortsetzung des Gesprächs zu finden.

„Und wieviel Grad hatte es denn im Sommer bei euch, weißt du das?"

„Keine Ahnung", zuckte sie lustlos die Achseln. „Was machen wir heute an diesem Scheißwettersonntag?"

Sie hatte die Schotten wieder dichtgemacht und Wolfgang war sensibel genug, es zu bemerken. Dennoch konnte er sich ein „Auch keine Ahnung" nicht verkneifen.

„Wir könnten in die *FunTime-Therme* fahren", schlug Jutta vor.

„Oh ja", freute sich Jelena, „das ist cool."

„Bei dem Scheißwetter nach Lehnhagen juckeln?", nörgelte Wolfgang.

„Ich fahre!", bot Jutta an, „und schwupps haben wir das Frühjahrsgefühl, das ihr gerade so vermisst habt."

„Frühjahr aus der Retorte", mäkelte ihr Ehemann.

„Was heißt das denn?", wollte Jelena wissen.

„Er meint, dass das Klima in dem Hallenbad künstlich ist." Und an den Nörgler gewandt: „Du musst ja nicht mit, Wolfgang. Wenn du lieber hierbleiben möchtest, können wir auch alleine fahren und du gönnst dir ein wenig Ich-Zeit."

„Nee, nee, hab ja auch keine bessere Idee – und allein zu sein kann ich heute überhaupt nicht ab."

Jutta klemmte sich hinter das Steuer und nahm Kurs auf Lehnhagen. Für sie als Versorgungs-Managerin führte die Route über *Penny* und den türkischen Gemüsehändler, vorbei an *Karstadt*, dem Spielwarengeschäft und am Haupteingang der Volkshochschule – denn da musste dann irgendwo die Auffahrt zur Autobahn sein. Wolfgang und Jelena sahen sich vielsagend an. Beide wussten, dass man auf direktem Wege sicher fünf Minuten früher an der Autobahn hätte sein können, aber sie wussten auch, dass Jutta bezüglich ungefragter Wegbeschreibungen ziemlich unleidlich war. Sie entdeckte die Auffahrt in der vermuteten Gegend, schaltete die Scheibenwischer eine Stufe höher und chauffierte ihre beiden direkt in den „Retortenfrühling".

„Ist doch herrlich hier!", rief Jutta, spritzte ihrem Mann einen Schwall Wasser ins Gesicht und schwamm davon.

„Wenn es nicht so nass wäre, wär es ganz schön!", lachte er und machte ein paar kräftige Kraulzüge, um sie einzuholen und unter Wasser zu drücken.

„Lass das!", kreischte sie wie ein Teenager, als er sie beinah zu fassen bekam, warf sich im Wasser herum und begann auch zu kraulen, wobei sie übermäßig heftig mit den Beinen schlug, um ihm einen Zugriff unmöglich zu machen. Lachend und keuchend kamen sie am Beckenrand an und nahmen sich übermütig in die Arme. Als Jutta sich rückwärts wieder zum Schwimmen abstieß, sah sie eine grinsende Jelena über sich am Beckenrand. Sie stellte gerade vorsichtig einen Fuß auf Wolfgangs Kopf und versuchte ihrerseits, ihn unter Wasser zu drücken.

Wolfgang tat ihr den Gefallen, auf der Stelle zu ertrinken.

Tief ließ er sich sinken und nur von der Luft in seinen Lungen langsam wieder nach oben tragen, wo er noch eine Zeit lang regungslos an der Oberfläche trieb, bis ihm die Puste ausging. Schon unter Wasser hatte er dumpf das freudige Kreischen von Jelena gehört, der seine Show offenbar hervorragend gefiel. Als das Atmen dringend wieder angesagt war, machte er wenigstens noch den in Seenot geratenen Nichtschwimmer und planschte so wüst hilflos im Wasser, dass Jelenas Lachen die halbe Halle erfüllte. Die andere Hälfte war voll mit den blöden Erwachse-nen-Gesichtern, die ihm wortlos sagten: würdelos! Aber der Entertainer in Wolfgang war nun nicht mehr zu stoppen. Er kraulte in Bestzeit Richtung Jelena und brüllte bedrohlich: „Du wolltest mich also unterdükern?!" Er griff an die Beckenumrandung, um sich durch lässiges Hochstemmen aufs Trockene zu schwingen. Jelena rannte mit jubelndem Krei-schen in Richtung Kinderbecken und der Entertainer

fühlte deutlich seine 46 Jahre und die zehn Kilo Über-
gewicht in seinen Oberarmen. Als er festen Boden
unter den Füßen hatte, rannte er hinter dem Mädchen
her, stieß dabei fast einen älteren Herrn samt Bademantel in den Whirlpool und bekam sie kurz vor der
Riesenrutsche zu fassen. „Warte!", brüllte er, „mich
unterdükern zu wollen! Das ist ja wohl die Höhe!
Jetzt geht's zur Strafe die Riesenrutsche runter!" Er
packte sich das Mädchen, warf es wie einen Seesack
über die rechte Schulter und stieg mit ihr die Stufen
zur Riesenrutsche hinauf. Jelena zappelte nach
Leibeskräften und schrie mit einer Mischung aus
Lust und Angst. „Nein! Nicht die Riesenrutsche! Nur
auf die Kleine! Die Riesen ist zu hoch!" Wolfgang
wusste natürlich, dass sie sich nicht auf die große
Rutsche traute, aber irgendwie gab es jetzt kein
Zurück mehr. Er rief lachend: „Strafe muss sein!"

Als sie fast oben waren, durchdrang der scharfe
Pfiff einer Trillerpfeife das künstliche Frühjahrs-
lüftchen. Wolfgang blickte nach unten, dachte „Oh
Gott, ist das hoch" und sah einen braun gebrannten
Bademeister mit weißer Schirmmütze zu ihnen hin-
aufblicken. Durch sein Megaphon quäkte er so etwas
wie: „Keine Fisimatenten auf der Leiter da oben!
Gehen Sie getrennt und halten Sie sich am Geländer
fest!"

„Spießer!", raunte Wolfgang Jelena ins Ohr, die sich von dem strengen Herrn Frühlingsverwalter gar nicht angesprochen fühlte. Der Mann mit dem kreischenden Seesack stieg die letzten Stufen nach oben und stopfte sich und das zappelnde Bündel in die Röhre der Riesenrutsche. Als er Schwung gab, hörte er noch einen schrillen Trillerpfeifenpfiff und johlte: „Ab geht die Fahrt."

Jelena kreischte weiterhin mit dieser Mischung aus Angst und Vergnügen, drehte ihren Bauch auf seinen und hielt sich mit beiden Händen an Wolfgangs Nacken fest. Sie schrie ihm direkt ins rechte Ohr, während sie in Höchstgeschwindigkeit durch die Röhre rauschten, weil er die Reibungsfläche auf seine Hacken und Schulterblätter reduzierte. Während einer herrlich langen Fahrt wich die Angst aus den Schreien und wandelten sich zu Übermut und dem gemeinsamen Jubel zweier Menschen, die beide eine bisher unüberwindlich scheinende Hürde hinter sich gelassen hatten. Noch eine Kurve und schwupps spuckte die Rutsche das menschliche Knäuel aus, ließ es fühlbar fliegen, bevor es mit einem lauten Klatsch auf dem Wasser aufschlug und in der sprudelnden Gischt versank. Prustend kamen die beiden wieder zum Vorschein, Jelena, noch immer fest an Wolfgangs Hals, schrie: „Noch mal bitte, noch mal!"

Wolfgang hielt das Mädchen fest, saugte ihr Vertrauen auf, und stampfte mit ihr zur gekachelten Treppe, um das Becken zu verlassen. Über Jelenas Schulter sah er bereits den Bademeister mit strenger Mine am Beckenrand warten.

„Noch mal?", fragte er Jelena.

„Oh ja, noch mal, das war toll, Dad!"

Dad? Niemand hatte sie jemals gebeten, zu ihm Papa oder zu Jutta Mama zu sagen. Scheinbar hatte sein gerade ausgesprochen männliches Verhalten den Impuls ausgelöst. Er empfand diese Anrede als fremd – und himmlisch schön.

„Ich muss Sie bitten, die Halle zu verlassen", drang die unangemessen dienstliche Stimme des Bademeisters an sein Ohr.

„Tut mir leid, wir waren etwas übermütig", machte Wolfgang eine Unterwerfungsgeste.

„Das war lebensgefährlich – und zwar für das Kind", kam es unerbittlich zurück. „Meinen Anweisungen ist unbedingt Folge zu leisten. Ich bin schließlich verantwortlich für das Ganze hier!"

„Okay, wir werden uns zügeln", versprach Wolfgang kleinlaut und Jutta, die mittlerweile hinzugekommen war, fügte hinzu: „Ich passe auf die beiden auf, versprochen."

Aber das war leider die falsche Variante:

„Aufpassen tue ich hier und sonst niemand. Verlassen Sie die Halle und seien Sie froh, wenn ich Ihnen kein Hausverbot erteile!"

„Alles klar, großer Bademeister", sagte Wolfgang und machte sich in Richtung der Umkleidekabinen auf dem Weg. Jutta war baff, dass er sich so schnell geschlagen gab, und trottete den beiden wortlos hinterher.

Als sie an der Leiter zur großen Rutsche vorbeikamen, flüsterte Wolfgang dem Mädchen ins Ohr: „Noch mal?"

„Wir dürfen doch nicht!"

„Ich habe gefragt, ob wir noch mal wollen, nicht ob wir noch mal dürfen."

Die Kleine strahlte ihn an.

„Los, lauf lieber selbst und halte dich gut fest", flüsterte Wolfgang und stellte Jelena mit den Füßen schon mal auf die dritte Stufe der Treppe. Das Mädchen hastete, so schnell sie konnte, die Treppe nach oben. Wolfgang blieb ihr hart auf den Fersen. Als sie etwa die Hälfte geschafft hatten, schrillte ein wütender Trillerpfeifton durch die Halle und ein Megaphon spie hässliche Wörter in den Retortenfrühlingshimmel. „Lass den man trillern", keuchte Wolfgang.

„Wir rutschen trotzdem, nä?", quiekte sie freudig und es folgte eine noch schönere Abfahrt als die erste. Eng umschlungen, mit einem halblauten ‚Wuuup' in jeder Kurve, sausten die beiden dem Becken entgegen. Nach einem wunderbaren Schluss-Kurzflug, und dem saftigen Aufprall auf der Wasseroberfläche, entgegnete Wolfgang dem wild gewordenen Bademeister kühl: „Wir wollten Ihnen nur einmal beweisen, dass wir die Treppe auch ordnungsgemäß hinaufsteigen können."

Er nahm Jelena an die Hand, legte den Arm um seine Frau und marschierte mit ihnen seelenruhig vor dem geifernden Bademeister, der ihnen eine lebenslängliche Sperre für die *FunTime-Therme* androhte, Richtung Umkleidekabinen.

Im Auto setzte er sich zu Jelena auf die Rückbank. Als Jutta losfuhr, legte er seine Hand um die Schultern des Mädchens und sagte: „Hat Spaß gemacht, was?"

„Ja, war toll", strahlte Jelena, führte seine Hand in weitem Bogen über ihren Kopf zurück und legte sie sanft auf seinen Schenkel.

III.

Es war wieder gegen zwei Uhr nachts.

Wolfgang Schuster zog sich mal wieder die Bettdecke vom Kopf und lauschte in die Stille des

Hauses. Hatte die Kleine wieder Albträume? Neben ihm atmete seine Frau ruhig und tief, ansonsten herrschte so viel Stille, wie sie mitten in Hamburg herrschen konnte.

„Nein!", hörte er aus dem ersten Stock. „Nein! Geht weg! Hilfe! Nein, nein, nein!"

Schuster wälzte sich aus dem Bett, warf den Bademantel über und hastete zur Tür.

„Wolfgang?", kam es aus dem Bett hinter ihm.

„Sie träumt wieder", raunte er halblaut zurück, verließ das Zimmer und nahm zwei Stufen nach oben auf einmal.

Leise öffnete er die Tür, setzte sich an den Rand des Bettes, legte eine Hand auf ihren bebenden Rücken und sagte: „Ist ja gut, meine Kleine. Alles wird wieder gut. Bei uns bist du in Sicherheit …" Das Mädchen schlug die Augen auf. „Nicht!", sagte sie schroff und schob seinen Arm energisch beiseite.

„Aber ich …"

„Wo ist Jutta?", fragte sie in einem fast entschuldigenden Tonfall.

„Ich bin hier", kam es ruhig von der Tür.

„Ich hab wieder geträumt."

„Ich weiß, mein Schatz", sagte Jutta und setzte sich neben ihren Mann auf den Bettrand. „Es ist immer derselbe Traum, nicht wahr?"

„Ja."

„Willst du darüber reden?"

„Nein."

Wolfgang fragte: „Möchtest du etwas trinken?"

„Ja, bitte."

Er ging hinunter ins Bad und füllte einen Zahnputzbecher mit Wasser.

Als er zurückkam, hörte er, wie seine Frau von vielen verschiedenen Völkern auf der Welt erzählte und davon, dass es in jedem dieser Völker kluge und dumme, sanfte und brutale, gemütliche und machthungrige Menschen gäbe, die sogar vor Kriegen nicht zurückschreckten. „Und leider, leider gibt es deshalb unendlich viele Kinder auf der Welt, die solche Dinge erleben müssen, wie du sie erlebt hast. Manche schaffen es, eines Tages über das zu sprechen, was ihnen passiert ist – und manchmal hören die schlimmen Träume dann auf."

IV.

Jelena und Wolfgang lagen lang ausgestreckt auf dem Wohnzimmerteppich, in Reichweite des CD-Spielers. Sie hörten abwechselnd Lieblingsstücke von ihm und von ihr und ließen sich so durch den sonst ereignislosen Sonntag treiben.

„Du bist nett", sagte sie überraschend und ohne ihn anzusehen.

„Danke."

„Warum sind nicht alle Männer so wie du?"

Wolfgang dachte in Ruhe über eine Antwort nach. „Ich denke, da gibt es viele Ursachen, aber im Grunde geht es wohl immer darum, ob sie Liebe kennen oder nicht."

„Liebe?"

„Ja. Damit meine ich nicht nur die Liebe, die in den Liedern besungen wird, die wir gerade hören, sondern zum Beispiel die Liebe von Eltern. Viele Kinder wachsen ohne elterliche Liebe auf."

„Gemein!"

„Tja ... ich fürchte, Eltern, die so sind, sind nicht freiwillig so. Sie sind dann oft selbst ohne Liebe aufgewachsen, in Familien in denen das Leben so mühsam und so freudlos war, dass diese Menschen Gefühle wie Zärtlichkeit und Liebe gar nicht entwickeln konnten."

Schweigen.

„Werden die dann Soldaten?"

„Ja, ich fürchte, dass eine ganze Menge der jungen Männer, die überall auf der Welt Kriege führen, aus solchen Verhältnissen kommen. Sie haben gar keine Chance, einen Beruf zu ergreifen, eine Wohnung zu mieten und eine Familie zu gründen. Sie haben gar keine Chance, ihre harten Seelen zu erweichen, und verdienen deshalb ihren Lebensunterhalt mit Kriegen. Und in den Kriegen versteinern ihre Herzen noch mehr, weil sie sonst gar nicht aushalten können, was sie erleben. Und irgendwann werden manche von ihnen menschliche Monster, die furchtbare Taten begehen."

„Wie die von der Freiheitsarmee."

„Ja, zum Beispiel, aber die Freiheitsarmee, die bei euch gekämpft hat, ist nur eine von dutzenden, vielleicht sogar von hunderten solcher militärisch kämpfenden Gruppen auf der Welt."

Schweigen.

„Und du kennst die Liebe und bist deshalb kein Soldat?"

„Ja, ich denke, so in etwa kann ich das für mich sagen."

Schweigen.

Jelenas nächster Satz hing fühlbar im Raum.

„Ich habe die Liebe auch erlebt." Tränen stiegen in ihr auf, die sie tapfer bekämpfte.

„Das habe ich mir gedacht."

„Meine Eltern waren ganz lieb zu mir."

Wolfgang fiel kein Wort ein, das jetzt nicht falsch gewesen wäre.

„Aber ich habe Männer erlebt, die so grausam waren ..." Jelenas Blick richtete sich starr auf den Boden.

„Zu dir?"

„Nein ... Zu meinen Eltern."

Wolfgang schwieg.

„Sie haben sie erschossen", fuhr Jelena fort, und ihre Augen sahen blicklos durch ihn hindurch in ihre dunkle Vergangenheit. „Meine Mutter Slobodanka und meinen Vater Miroslav Dragovic. Sie hatten niemandem etwas getan. Im Gegenteil! Als der Krieg uns erreichte und viele Häuser unbewohnbar machte, ließen sie alle Leute in unserem kleinen Hotel wohnen. Egal, ob sie Serben, Kroaten, Bosnier oder sonstwas waren.

Und dann wurde unsere Straße erobert. Die Soldaten gingen schießend durch die Straßen, raubten Geschäfte aus und gingen einfach in jedes Haus rein. Mein Vater hatte die Tür verriegelt, sie haben sie eingetreten. Sie waren zu fünft, glaub ich. Und ich glaub, sie waren betrunken. Ich hielt mich am Bein meines Vaters fest. Sie fragten ihn, wo meine Mutter sei. Er sagte, seine Frau habe ihn verlassen und er wüsste nicht, wo sie ist. Aber einer der Soldaten kannte unsere Familie; er sagte, mein Vater sei ein Lügner und Lügner könne man nicht gebrauchen. Er hob das Gewehr und gab mehrere Schüsse auf ihn ab. Ich hielt sein Bein fest umklammert …" Sie schlug die Hände vors Gesicht und schluchzte steinerweichend. „Ich fühlte jeden Einschlag in seinen Körper in meinem Körper. Ich ließ ihn erst los, als er hintenüberkippte."

Die Tränen, die sie so viele Jahre nicht geweint hatte, flossen jetzt in dicken Strömen. Wolfgang stand auf, setzte sich neben sie und legte vorsichtig seinen Arm auf ihren Rücken..

„Dann entdeckten sie meine Mutter, die sich im Keller versteckt hatte. Ich hörte ihre Schreie, wieder und wieder, endlos lange – und dann hörte ich drei Schüsse." Jelena krümmte sich in schmerzenden Erinnerungen.

Leise öffnete sich die Zimmertür und Jutta sah fragend zu ihrem hilflos neben dem Mädchen sitzenden Mann. Der nickte ihr stumm zu.

Sie verstand, lächelte erleichtert und zog die Tür wieder zu.

Bitte nicht fliegen

Peter Müller (62), alleinstehend.

Verdammt allein stehend.

So allein, wie er sein Leben lang nie gewesen war.

Frau tot und die Hoffnung untergegangen.

Schweißnass und zitternd öffnet er die Balkontür seiner Zwei-Zimmer-Wohnung im achten Stock. Fettige Haare kleben über seinem fleischigen aufgedunsenen Gesicht, das karierte Baumwollhemd spannt sich um den dicken Leib, eine uralte Cordhose wird mit einem schmalen Gürtel vorn knapp über dem Geschlechtsteil gehalten und hängt hinten in schlaffen Falten herunter. Mit der rechten Hand umklammert er eine zu drei Vierteln geleerte Rumflasche.

Müller stiert auf den Hof des Einkaufszentrums unter ihm. Gestern haben sie dort einen großen Tannenbaum mit Plastikkugeln und elektrischen Kerzen aufgestellt. Heute ist der erste Samstag im Dezember 1990. Massen von Menschen schieben sich an dem Baum vorbei, schleppen Taschen und Pakete.

„Arschlöcher", denkt Müller. „Auch dieses Jahr fallen sie wieder alle drauf rein. Versuchen das Glück zu kaufen. Besinnungslos im Kaufrausch. Das ist ihr Sinn des Lebens! Reißen sich zehn Stunden am Tag den Arsch auf, um am Ende Plastikkram kaufen zu können."

Seine großen haarigen Hände umklammern das Balkongeländer, das auf der gemauerten Umrandung befestigt ist, ohne die Rumflasche loszulassen.

Ja, er wird es tun.

Mühsam stellt er einen Fuß auf die gemauerte Umrandung des Balkons, unter das schmale Geländer. Dann versucht er, das andere Bein nachzuziehen. Vorsichtig. Er will keinesfalls unkontrolliert nach unten stürzen. Er will springen, ganz bewusst springen und nicht so fallen, dass es aussieht wie ein Unfall. Aber schon kippt er vornüber, als das zweite Bein den Boden um Zentimeter verlässt. Er kann sich nur mit Mühe wieder auf den Balkon retten.

Nervös schiebt Müller einen Stuhl an die Stelle, wo die Balkonbrüstung an die Hauswand anschließt, hält sich an der Mauer fest und wuchtet seinen massigen Körper auf die Balustrade.

Vorsichtig blickte er nach unten.

Mitten unter sie wird er sich werfen und ihnen zeigen, wie sehr er sie dafür verachtet, dass sie ihr Geld und ihre Kreativität nicht für eine gerechtere Welt einsetzen, sondern für den Kauf von Zeugs, das sie nur kaufen, weil Weihnachten naht.

Sein ängstliches Zittern ist weg, stellt er überrascht fest, als er die Rumflasche wieder am Mund hat. Mit dem Unterarm wischt er den Tropfen weg, der ihm übers unrasierte Kinn läuft.

„Hä?" Sein Blick geht noch einmal nach oben.

Richtig! Als er eben die Flasche am Hals hatte, war ihm aufgefallen, dass der Boden des Balkons über ihm jetzt so nah ist, dass er sich mit der flachen Hand darunter abstützen kann. Müller nimmt die Flasche in die Linke und drückt die Rechte unter den Balkon über sich. Vorsichtig rutscht er mit den Füßen seitwärts, in Richtung Stirnseite des Balkons.

„What are you doing, man?", fährt ihm die kräftige Stimme eines Farbigen in die Knochen, der soeben den Balkon rechts neben ihm betreten hat und mit großen Augen auf ihn guckt.

Schlagartig setzt das Zittern wieder ein. Schweiß bricht Müller aus allen Poren. Er ist irritiert. „Nichts sagen", denkt er, „bloß nicht in ein Gespräch verwickeln lassen."

„Hey, what are you doing?", kommt es noch eindringlicher von nebenan.

„Hau ab", bringt Müller tonlos hervor, „lass mich in Ruhe."

Nach einer endlosen Minute ist er an der Stirnseite des Balkons angekommen, setzt, wie zur Feier dieser Leistung, die Flasche an den Mund, ohne die rechte Hand von dem Balkon darüber zu lassen. Als er merkt, dass er einen guten Stand hat, lockert er den Druck nach oben ein wenig.

Sein Blick geht nach unten.

Jetzt liegt die Entscheidung bei ihm, wann er springt, um so tot zu sein, wie seine Frau.

Tausende, zehntausende, nein Millionen haben ihr Leben für eine bessere Welt gelassen. Die Besten, die auf dieser Erde gelebt haben, wie Müller meint. Sie wollten nicht Plastikkram für wenige, sondern Wasser, Nahrung, Bildung, Wohnraum und Würde für alle Menschen. Und zwar dort, wo sie geboren werden, und nicht hunderte oder gar tausende Kilometer davon entfernt, weil es zu Hause keine menschengerechten Lebensbedingungen mehr gibt.

Aber das Leben anderer Menschen interessiert die da unten ja nicht. Die denken nur an sich und an kaufen, kaufen, kaufen.

Zum Untergang der sozialistischen Länder haben sie Hurra geschrien und nicht geglaubt, dass sie die Rechnung bezahlen werden. Mieten rauf, Steuern rauf, Löhne runter, Sozialleistungen runter, Kinder- und Altersarmut. Sie geben Flüchtlingen die Schuld daran und wollen von den wahren Ursachen nichts wissen.

Mitten zwischen sie wird er sich werfen, vor den dicksten Typen, mit den größten Paketen und einer fetten Bratwurst in der Hand.

„Ey, Mann", dringt eine neue warme Stimme in sein Bewusstsein. Der farbige Nachbar hat offensichtlich einen Bekannten aus der Wohnung geholt, der des Deutschen mächtig ist. „Mach keine Scheiße, Mann", sagt der Neue leise und eindringlich.

Müller nimmt den letzten großen Schluck aus der Flasche.

„Was ist los, Mann?", fragt der Neue. Er ist schlank, nur mit einem dünnen T-Shirt und einer Unterhose bekleidet und noch viel dunkler als sein Kumpel. Scheinbar kommt er direkt aus dem Bett.

Müller schaut wieder nach unten. Sein rechter Arm ist eingeschlafen. Ohne groß darüber nachzudenken, löst er ihn vom Balkon über sich. Im selben Moment spürt er förmlich, wie die Farbigen den Atem anhalten und sich bemühen, ihn nicht durch eine erneute Ansprache zu erschrecken. Erst dieses wahrnehmbare Schweigen macht ihm klar, dass er jetzt ohne Sicherung auf der Brüstung steht. Er greift wieder nach oben und hält sich fest.

Ganz ruhig und leise kommt vom T-Shirt-Mann: „Ich heiße Samy."

Müller setzt die leere Flasche an den Mund. Ratlos nimmt er sie wieder von den Lippen und stiert in den Flaschenhals.

„Wie ist dein Name?", kommt es vom Nachbar-balkon.

Müller blickt den Mann kurz an, sagt kein Wort und starrt wieder in die Tiefe.

„Gott liebt uns alle."

„Gott!", entfährt es Müller verächtlich. „Gott gibt es nur in deinem Kopf." Er setzt den rechten Fuß vor das Geländer, wo nur noch der Absatz Platz hat.

„Gott ist in meinem Herzen. Gott allein gibt mir die Kraft, dass ich in diesem kalten Land mit diesen kalten Menschen noch Wärme und Hoffnung habe."

Müller stemmt die rechte Hand noch fester unter den oberen Balkon, um das andere Bein ebenfalls vor das Geländer stellen zu können.

„Hey!", kommt es wieder von drüben, „wieso denkst du, Gott ist nur in meinem Kopf?"

Müller hält kurz in der Bewegung inne. „Religion ist das Opium des Volkes", sagt er verächtlich und erschrickt selbst über das Floskelhafte seiner Antwort.

„Du kennst Marx?"

Müller wendet den Kopf und blickt den Farbigen beleidigt an: „Natürlich kenne ich Marx, ich habe mein Leben lang für seine Ideale gelebt!"

„What?!"

„Ich bin Kommunist, verdammt."

„Nein!"

„Wieso Nein? Natürlich bin ich Kommunist! Immer gewesen und ich sterbe auch als Kommunist!"

„Kein Kommunist würde tun, was du tun willst, du stirbst als Meerschwein."

„Bitte?!" Müller zieht den rechten Fuß wieder hinter das Geländer zurück.

„Was du tun willst, hat keine Würde. Warum machst du das?"

„Weil ich genug gekämpft habe. Fast 40 Jahre. Das Ergebnis siehst du zum Beispiel daran, dass du hier sein musst und die da unten euch wieder zurück in euer Elend schicken wollen."

„Die da unten?", fragt der T-Shirt-Mann und sieht ins Einkaufszentrum hinunter. Sein Kollege blickt gleichfalls mit großen fragenden Augen über den Balkonrand.

„Wie findet ihr das denn, dass die sich da jeden Schwachsinn kaufen und ihr nichts zu fressen habt?"

„Wir haben Essen."

„Aber nicht zu Hause, wo ihr herkommt! Warum seid ihr denn hier?"

„Weil wir Geld verdienen müssen, für unsere Familien. Aber nur für eine Zeit. Dann gehen wir zurück."

„Und das findet ihr auch normal, oder was?", regt Müller sich auf, tippt mit dem rechten Zeigefinger an seine Stirn, kommt aus dem Gleichgewicht, rudert mit den Armen in der Luft, lässt die leere Flasche sausen, fängt sich mit beiden Händen unter dem Balkon über ihm ab und brüllt: „Habt ihr euch mal gefragt, woran es liegt, dass ihr in eurem eigenen Land kein Geld verdienen könnt, ihr Marxisten mit Gott im Kopf? Ihr müsst den imperialistischen Westen bekämpfen, ..."

„... Wir kämpfen schon, aber wir kämpfen mit Herz gegen Gewalt."

„Mit Herz gegen Gewalt!", lallt Müller verächtlich. „Seht euch doch an, was aus den sozialistischen Ländern geworden ist ... ach, egal!"

„Was?"

„Millionen haben ihre Kräfte für eine menschlichere Welt gegeben, aber ..."

„Aber euer Sozialismus war ohne Herz. Ihr habt den Menschen nicht vertraut. Ihr habt sie bewacht mit vielen Agenten, ihr habt sie ins Gefängnis geworfen, ihr habt sie nicht frei gemacht und nicht froh."

„Aber das ging doch nicht! Wir mussten uns im Kalten Krieg gegen den Imperialismus behaupten, der die sozialistischen Länder zurück zum Kapitalismus zwingen wollte und es letztlich ja auch geschafft hat. Endlich gibt's überall wieder Steinreiche und Obdachlose."

„Wer gewinnen will, braucht die Herzen der Menschen auf seiner Seite."

„Die Herzen der Menschen, päh! Die kriegst du nur, wenn sie kaufen können. Kaufen, kaufen! Guck doch da runter und sieh sie dir an!"

Die drei gucken wieder nach unten.

Das Gewimmel im Einkaufszentrum steht still.

Eine große Menschengruppe steht in weitem Kreis um die Splitter einer zerschmetterten Rumflasche und schaut zu ihnen herauf. Müller versucht festzustellen, ob die Leute bis zum Eingang seines Hochhauses stehen, kippt nach vorne, grapscht nach dem Balkon über ihm, findet nicht genug Halt, um sein

Körpergewicht abfangen zu können, wirbelt mit den Armen durch die Luft und fällt wie in Zeitlupe, mit weit aufgerissenen Augen, vornüber. Ein mächtiges Rauschen erfüllt seinen Kopf und nimmt ihm die Besinnung. Mit ausgestreckten Armen und dem Schädel voran rast er den Splittern seiner Rumflasche entgegen und schlägt dumpf inmitten der schreiend weiter auseinanderstiebenden Menschenmenge auf.

Drei junge Männer mit kahlrasierten Köpfen und Fallschirmspringerstiefeln, deren blassen Gesichtern man ansieht, dass sie hier in der Siedlung groß geworden sind, widerstehen der Panik und nähern sich Müllers Leiche. „Ein Gutmensch weniger", sagt einer trocken und macht sich im Schutz seiner verschlissenen Windjacke eine Zigarette an. Ein anderer brüllt zu den beiden auf dem Nachbarbalkon von Müller hinauf: „Und ihr verpisst euch aus Deutschland oder es gibt ´was auf die Schnauze!"

Modern Times 2000

Der neue Geschäftsführer kam in eine Niederlassung mit einem motivierten harmonischem Team, das gutes Geld an die Zentrale lieferte.

Er kürzte den Außendienstlern die Festgehälter, erhöhte die Provisionen für die Planerreichung und verboten ihnen vier Tage die Woche zuhause zu schlafen, damit ihre Reiseroute optimiert werden konnte.

Dem Innendienst, der nur telefonisch und über Internet Kontakt mit der Kundschaft hatte, verbot er Papiere auf der Fensterbank und, nach Feierabend, auf dem Schreibtisch, eigene Kaffeetassen, private Fotos auf dem Schreibtisch, kleinteilige Luftbefeuchter im klimatisierten Großraumbüro und helle Jeans. Er schaffte die Stempeluhr ab, mit deren Hilfe man Überstunden nachweisen konnte und beschenkte die Belegschaft mit endloser Vertrauensarbeitszeit. Zudem mussten Führungskräfte mindestens einen Tag am Wochenende einsatzbereit für die Firma sein. Bei 24 Stunden Handyerreichbarkeit an 360 Tagen im Jahr.

Der Profit stieg – und die Bedeutung des Neuen auch. Jedenfalls im Konzern.

Wenn er Glück hat, wird er es gesundheitlich bis ins Rentenalter schaffen, bis dahin viel Sehkraft, ein paar Haare und einige Zähne behalten, dann seinen Porsche gegen einen Rallye-Rollator eintauschen können, seinen Altersdiabetes im Griff behalten und zu guter letzt

auf irgendeinem Friedhof mit einer riesengroßen Bronzestatue und dem Euro-Verdienstkreuz am seidenen Faden begraben werden.

Und schnell vergessen sein.

Abblasen

Aus „70 Jahre im Wilden Westen"

An einem schönen Tag im Jahre 1990, direkt nach dem Kaffeetrinken, stand einer der Gäste auf: „Ich muss jetzt mal los."

„Was hast du denn vor?", erkundigte sich die Gastgeberin.

„Muss zur Arbeit."

„Hallo, ich denke, du hast Urlaub?!", wunderte sich ihr Mann.

„Ja, aber heute muss ich kurz ins Werk."

„Hä?"

„Darf ich eigentlich gar nicht drüber reden."

„Eigentlich?"

„Heute ist CO_2 abblasen."

„Ah! Bekommt ihr einen Filter in den Schornstein?"

„Nein," lachte er, „im Gegenteil. Heute ist der Stichtag, von dem aus sich die CO_2-Reduzierungserfolge der nächsten Jahrzehnte berechnen werden. Wir müssen heute alles rauspusten, was geht – ihr versteht?"

Alles in Lack (2020)

„Jepp, alles in Lack", antwortet Jens Schaade in der Regel, wenn man ihn fragt, wie es ihm denn so gehe. Und diese Antwort ist durchaus wörtlich zu nehmen:

Jens ist Lackierer bei *Mach 3*, einem Fachunternehmen für Auto-Tuning. Er kommt früh, arbeitet fleißig und geht pünktlich nach Haus. Ohne viele Worte zu machen. Wahrscheinlich ist das auch der Grund, warum er es nicht zum Gruppenleiter gebracht hatte, selbst wenn er gewollt hätte.

Wollte er aber gar nicht.

Alles, was Jens Schaade von der Arbeit will, ist das nötige Geld, um sein Reihenhäuschen, seine Frau, die gemeinsame Tochter und sich finanziell über die Runden zu bringen – Ende Gelände.

Wenn er nach Hause kommt, macht er kurz „Eida, eida" mit der kleinen Tochter und verschwindet dann im Keller oder im Garten, um Hand zu werkeln oder zu buddeln.

Dabei würde er das Handwerken nie als sein Hobby bezeichnen. Er sieht die Arbeit im Hause ähnlich wie die in der Firma: Watt mutt, datt mutt. Wer hat schon gern Unkraut in den Beeten oder Moos zwischen den Gehwegplatten? Wer hätte nicht gern mal ein neues Badezimmer oder einen getäfelten Partyraum im Keller?

Heute ist er ausnahmsweise einmal krank. Das kommt äußerst selten vor, aber mit 39 Grad Fieber bleibt sogar Jens Schaade zu Hause. Er liegt auf dem Sofa vor dem Fernseher und guckt gelangweilt auf das Nachmittagsprogramm mit Stachelschweinen und Präriehasen.

Pling!

Das Handy seiner Frau liegt vor ihm auf dem Tisch. Jens kann einen gelangweilten Blick auf die Vorschau der Nachricht von einem Jan Kahl schicken:

„Ich denk an dich, mein Schatz."

Die Kellertreppe (täglich)

Aus „70 Jahre im Wilden Westen"

Eines Tages kam Ingrid Krause käsig, mit blauem Auge und gebrochenem Arm ins Büro. Sie war die Kellertreppe hinuntergefallen und machte sich vor den Kolleginnen und Kollegen selbst darüber lustig.

In einem vertraulichen Gespräch, das viele in der Firma immer gern mal mit Dirk Voigt führten, erfuhr dieser, dass die Kellertreppe Norbert hieß.

Er kannte Norbert vom Sehen. Es war ein adretter, großer, gutaussehender Mann, der Ingrid in Anzughose und Sakko manchmal aus der Firma abholte. Er war seit vielen Jahren ihr Lebensgefährte. Ihr eifersüchtiger, jähzorniger und gewalttätiger Lebensgefährte, wie sich jetzt herausstellte. Er reimte sich, aus Angst „betrogen" zu werden, Affären zusammen, die Ingrid nie gehabt hatte, und prügelte sie aufgrund seiner Phantasien windelweich. Einmal setzte er sie mit nacktem Po auf eine heiße Ofenplatte.

Wieder und wieder schwor sie sich, ihn zu verlassen.

Aber wenn er seine Angst an ihr ausgelassen hatte, weinte er jämmerlich, entschuldigte sich und schwor, es nie wieder zu tun.

Und so blieb sie bei ihm.

Dann tat er es wieder.

Und sie blieb.

Dann tat er es wieder und wieder.

Und sie blieb.

Aber jetzt, der gebrochene Arm, der habe das Fass zum Überlaufen gebracht, beteuerte sie. Jetzt habe sie die Nase endgültig voll.

„Hoffentlich heult er nicht wieder", wünschte ihr Dirk in Gedanken.

Die Rückeroberung der Liebe
Neues zum Festtag des Blumenhandels (2020)

Klong! Klaus-Dieters Smartphones-Kalender meldet: *‚Morgen Valentinstag'*.

Mit anderen Worten: Blumen kaufen und `ne Schachtel *Mon Chéri* besorgen. Man kann auch Essen gehen oder Schatzi neuen Glitzer zum Behängen schenken. Aber wie man es auch dreht: Der christliche Feiertag der Liebenden ist primär ein Konsum-Ereignis geworden.

Aber nicht bei Klaus-Dieters neuer Pastorin!

Im Lokal-TV hatte sie angekündigt:
„Die Liebe steht im Mittelpunkt des christlichen Glaubens ... und wir werden sie mit einem *Fest der Liebe* in unserem Gemeindehaus feiern."

Na, da ist Klaus-Dieter aber mal gespannt! Klassische Gottesdienste sind ja nun gar nicht sein Ding, aber wie eine recht junge Pastorin ein *Fest der Liebe* zelebriert, das möchte er sich denn doch mal anschauen. Schatzi wäre sowieso hingegangen ...

Sie betreten das Gebäude und er traut seinen Sinnen nicht: Die ganze Hütte duftet nach Rosen! Die Frauen, die die Veranstaltung konzipiert und organisiert haben, sind mit Rosenwasser durch die Räume gegangen, um auch die Nasen mit auf die Liebesreise zu nehmen. Für die Augen stehen überall Vasen mit Rosen, schmücken liebevolle Dekos die Stehtische des Vorraums und schweben über einem Geländer Luftballons in Herzform.

Im abgedunkelten Kirchsaal glänzt viel Kerzenschein. Nur der Altar ist angestrahlt und in schöne, schwere Stoffe gehüllt, deren herrlich warmes Rot im Licht einiger Strahler leuchtet. Davor stehen zwei große Schalen mit Rosenblüten.

Und dann der Hammer:

Frau Pastorin erscheint.

In einem eng anliegenden bodenlangen Paillettenkleid im tiefen Rot der Altarstoffe.

Da fällt Klaus-Dieter gleich die Sache mit dem Gottesgeschenk ein – und die mit der Liebe. Und die mit dem Mut. Wird er alt? Ist das überhaupt erlaubt, so vor die Gemeinde zu treten? Ist Kirche nicht prüde? Er spürt seine sehr schwach ausgeprägte konservative Ader kurz pochen. Aber so ist sie wohl, die Neue: volle Kraft voraus für das, an was sie glaubt. – Respekt!

Die Veranstaltung beginnt. Es wird kein klassischer Gottesdienst, sondern eine Lesung, die von drei Sprecherinnen und zwei Sprechern rund ums Publikum vorgetragen wird. Mit biblischen Texten aus dem *Hohen Lied der Liebe* und von ‚weltlichen

Autoren'. Es geht um die schöne Liebe zwischen Menschen, um die traurige Liebe zwischen Menschen, um die erotische Liebe zwischen Menschen und um den endgültigen Verlust einer Liebe durch den Tod. – „Sehr bewegend", raunt Klaus-Dieter, bekennender Atheist, Schatzi zu.

Am Ende des ersten Veranstaltungsteils können Paare, die das wünschen, den Segen, der auf ihrer Liebe liegt oder lag, von Frau Pastorin auffrischen lassen. Fast alle wollen das. Schatzi auch. Also rein in die Schlange und hoch zu der geistlichen Dame, die zu diesem Anlass dann doch ihre züchtige weiße Albe übergeworfen hat. Sie hält ihrer Kundschaft die Hände über die Köpfe und wünscht allerlei Wünschenswertes. Auch das hat Klaus-Dieter irgendwie berührt.

Dann lädt die Männerkochgruppe zum Liebes-Büffet. Selbiges ist nicht nur seeehr lecker, sondern auch total lieb gemacht: Salami in Herzform! Und diverse internationale Delikatessen auch. Dazu gibt es die bekannt guten Weine der Gemeinde und viele nette Gespräche in herzlicher Atmosphäre.

„Hm," denkt Klaus-Dieter inmitten nur wenig bekannter Leute, „nun hat Frau Pastorin die Liebe aus dem Einzelhandel wieder dahin geholt, wo sie wohl zuhause ist."

Leiden schaf(f)t (2020)

(1/2)

Feierabend.

Sie sind die Letzten in der Firma.

An der Tür fassen sie sich zum üblichen Links-Rechts-Bussi-Bussi an die Schultern.

Heute berührt sie seine Lippen mit ihren.

Flüchtig und doch spürbar warm und weich.

Verküsst?

Kommt ja immer wieder mal vor, dass ein Tüscher nicht dort landet, wo er hinsoll.

Er ignoriert den kleinen Fauxpas, man ist schließlich Kavalier der alten Schule.

Zwei Tage später sind sie wieder die Letzten im Betrieb.

An der Tür fassen sie sich zum üblichen Links-Rechts-Bussi-Bussi an die Schultern.

Wieder berühren ihre Lippen seine, kurz und doch spürbar warm und innig.

Also nicht verküsst!

Er ist ein wenig verwirrt.

Schließlich ist sie seine neue Chefin.

Klar, sie hat es richtig erspürt – er sucht ihre Nähe. Er ist bald 20 Jahre glücklich verheiratet und noch nie hat ihn in der Zeit eine Frau so angezogen wie sie. Aber sie ist seine neue Chefin, schon deshalb wäre wohl kaum etwas mehr von ihm gekommen als die Suche nach ihrer Gesellschaft.

Aber jetzt?

Jetzt schwebt er beseelt nach Hause.

Und morgens wieder in die Firma.

Sie hat ein Einzelbüro und viel zu tun. Deshalb klopft er auch nach den kleinen Intimitäten immer vorschriftsmäßig an, steckt seinen Kopf durch einen Türspalt und fragt, ob sie ein paar Minuten Zeit hätte. Sie erklärt jedes Mal, dass es gerade schlecht sei, aber wenn es nur kurz wäre …

Dann schauen sie sich schüchtern und unsicher an, wie Teenager. Sie ist genau 30 Jahre jünger als er, sprich 31, verheiratet mit zwei Kindern. Und neu im Unternehmen. Da darf sie sich nichts erlauben, schon gar keine Affäre oder Küsse während der Arbeitszeit.

Sie küssen sich.
Während der Arbeitszeit.
Keusch.
Und reden.
Ausgiebig.
Nach Feierabend.
In ihrem Büro.

Sie wissen, dass ihre immer heftiger werdende Zuneigung keine Perspektive hat. Er liebt seine Frau, sie liebt ihren Mann und ihre Töchter, sie kann ihre

Anstellung nicht gefährden und sie sind 30 Jahre auseinander.

Da geht nichts, das ist klar. Und nachdem sie sich das wieder mal versichert haben, nehmen sie sich in die Arme, küssen sich, und würgen beim Abschied die schmerzhafte Enttäuschung hinunter, dass sie nicht so lange und so intensiv zusammenbleiben können, wie ihre Herzen es verlangen.

„Du könntest mich jederzeit verführen", sagt sie, „aber ich bitte dich, es nicht zu tun."

Er ist wieder überrascht.

Sex?

Er hielt sie für eine Unberührbare, aber jetzt sieht er außer ihren schönen Augen mit den tiefen Blicken auch ihre makellose Haut, ihren Busen und ihren verheißungsvollen Hintern. Wunschgemäß hält er seine Hände bei sich.

Sie fragt, ob er in seinem Alter überhaupt noch könnte und ob gegebenenfalls auch mit Kondomen. Könne er. Beides.

Als sie eines Tages an ihrem Bildschirm gemeinsam einen Text erarbeiten, legt sie einen Schenkel auf seinen. „Äh, hallo? Habe ich den Schuss nicht gehört?", fragt er sich. „Will sie im Grunde genommen, dass ich die Grenze überschreite, die sie sich erbeten hat? Was ist mit ihrer Bitte, es nicht ‚dazu' kommen zu lassen?"

Er ist unsicher und nimmt das Schenkel-Angebot nicht an, das es womöglich ist, sondern sie ernst.

Tage später sagt er ihr, dass er sie liebt.

Zu früh? Zu groß? Zu vereinnahmend?

Sie vermeidet das Wort jedenfalls.

Er sagt oft sehr schnell, dass er jemanden liebt, zu Männern und zu Frauen. Wenn sein Herz voller Zuneigung ist, legt es ihm das Wort Liebe auf die Zunge und nicht auf die Goldwaage.

Es ist keinerlei Kalkül dabei, da kann man sicher sein.

Er fühlt in so einem Moment Liebe und möchte ihr dann sofort Ausdruck verleihen.

Es kann aber sein, dass er diesmal mit dem großen Wort, das, was eine kleine leichte Affäre hätte sein sollen, zu einem zu schweren Liebesding gemacht hat, das sie nicht will.

Scheiße!

Geht sie ein bisschen auf Distanz?

Er ist total verwirrt.

Na klar: Das Ganze ist perspektivlos, aber es ist so schön!

Sein Verstand kann sich nicht gegen seine Gefühle behaupten.

Soll er eigentlich auch gar nicht.

Muss er aber, denn es wird umso schmerzhafter enden, je intensiver sie sich aufeinander einlassen.

Und es ist gefährlich für ihre berufliche Zukunft. Wenn er sie wirklich liebt, muss er sich schon deshalb von ihr lösen.

Sie beschließen, das Küssen zu beenden.

Und sinken sich in die Arme. Und küssen sich.

Sie beschließen Freunde zu werden.

Und sinken sich in die Arme. Und begehren sich.

Sie sind zwei denkende Menschen und doch können sie ihre Sehnsucht nur unter Schmerzen in vernünftige Bahnen zwingen. Ihre Sehnsucht nach gemeinsamer Nähe, ihre Sehnsucht nach der neuen Dosis Lebenselixier, ihre Sehnsucht, die so weh tut, weil sie so unerfüllt bleiben muss.

Tränen verschaffen ihnen keine Erleichterung, sondern nur neue Tränen.

Ihre Küsse werden seltener. Die Zungen haben sie ohnehin die ganze Zeit im Zaum gehalten, denn sie war sich sicher, dass die Dämme brechen würden, die sie so wacker verteidigten, wenn sich ihre Zungen berühren würden – und sie hatte bestimmt recht damit.

Verstand essen Seele auf!

Er hält einige Tage eine selbst auferlegte Kontakt-sperre durch – und auch sie rührt sich nicht.

Außer zu unvermeidbaren geschäftlichen Treffen in größerer Runde gibt es kein Telefonat, keine Message, kein gesprochenes Wort, keine Umarmung, keinen Kuss und das alles in der Hoffnung, die Hoffnung zu verlieren, die er nicht verlieren möchte.

Tage, die nur quälend und schmerzhaft sind, Tage, die vielleicht noch Wochen anhalten müssen.

Bis seine Liebe zu ihr nicht mehr lebt.

Jedenfalls nicht in der jetzigen Form.

Sie wollen Freund und Freundin werden; Freund und Freundin, die in ihren Herzen eine Liebe bei lebendigem Leibe begraben haben.

Hat das schon jemals geklappt zwischen zwei Menschen?

Er fürchtet, ja.

Treue (2020)

(2/2)

Die Lage des Hotels ist nicht direkt romantisch, aber das Zimmer, das er ausgesucht hat, ist sehr schön. Gepflegt, hell und freundlich. Die Herbstsonne scheint auf die beiden weinroten Ledersessel vor dem Fenster. Dazwischen ein Glastisch, auf dem frisches Obst und zwei gut gefüllte Prosecco-Gläser auf Zugriff warten. Auf dem großen Doppelbett leuchtet eine bunte Patchworkdecke.

Die beiden fremdeln mit der ungewohnten Situation. Leicht verspannt nehmen sie auf den Sesseln Platz und prosten sich zu.

Die Sehnsucht hat sie in diese Lage gebracht, die Sehnsucht, einmal so viel Zeit und Nähe miteinander haben zu können, wie ihre Herzen es sich wünschen.

Beide sind sehr erwachsen, beide haben vermutlich alles erlebt, was sie erleben wollten, und doch hocken sie jetzt hier, wie Kinder vor dem ersten Kuss.

Also reden.

Reden schafft Nähe.

Jedenfalls für die beiden.

Natürlich sitzen sie hier nicht zusammen, um zu reden. Aber ihnen ist auch nicht danach, wild übereinander herzufallen. Erst mal ankommen, warm werden, in fremder Umgebung die vertraute Nähe wieder aufbauen.

Der Ausblick ist nicht besonders interessant, aber er ist das erste Thema.

Dann geht es um die Frage, wie sie sich fühlen, jetzt, hier.

Schlechtes Gewissen?

Ja.

Noch ein Gläschen Prosecco?

Gern.

„Ich freu mich, dass wir den Schritt hierher gewagt haben", geht er vorsichtig in die Offensive, als erste Nähe wieder spürbar wird.

„Ich auch".

„Ich möchte dich in die Arme nehmen." Er steht auf und reicht ihr beide Hände.

Sie zieht sich an seinen Händen hoch, sie schlingen die Arme umeinander, pressen ihre Körper zusammen und küssen sich.

Sie öffnet den Mund.

Sie hatten sich schon einige Male geküsst, im Büro, aber immer hatte sie darum gebeten, die Zungen zu zügeln: „Wenn wir uns mit der Zunge küssen, gibt es kein Halten mehr", weiß sie von sich.

Ihre Zungen berühren sich.

Erst vorsichtig, dann immer intensiver, bis sie, fest umklammert, ihre Körper so heftig aneinanderpressen, das mehr körperliche Nähe kaum möglich ist.

Hin und wieder lösen sie ihre Lippen, schauen sich tief in die Augen, küssen sich wieder, streicheln sich die Rücken und lassen die Hände immer tiefer wandern.

Pling! Eine WhatsApp-Nachricht.

„Entschuldige", sagt sie und löst sich kurz von ihm. „Mein Mann war heute mit unserer Jüngsten beim Arzt, es geht ganz schnell."

Sie lässt sich auf einen der Sessel fallen, liest die Nachricht und tippt mit beiden Daumen eine längere Antwort ein. Das Ganze hat keine Minute gedauert, aber als sie fertig ist, schaut sie ihn mit anderen Augen an als eine Minute zuvor.

„Alles in Ordnung?", versucht er erneut ein Gespräch neu in Gang zu bringen.

„Ja danke, alles okay."

Er hat inzwischen auf der Bettkante Platz genommen. Sie sitzen keine zwei Meter auseinander und sind doch weiter voneinander entfernt als beim Betreten des Zimmers.

„Magst du zu mir kommen?", macht er einen sinnlosen Versuch und klopft auf den freien Platz neben sich.

„Ich kann das nicht."

„Noch einen Prosecco?"

„Nein, danke."

„Was ist los, Kerstin?"

„Ich kann meinen Mann nicht betrügen."

„Du nimmst ihm doch nichts."

„Doch, die Treue, die ich ihm versprochen habe."

„Dass Kirche Menschen das Versprechen der Treue bis zum Tod abnimmt, ist unverantwortlich. Niemand, der oder die mit 25 Jahren zu so etwas Ja sagt, weiß, wohin das Leben und die Liebe und die Lust noch führen können. Auch mit 52 weiß man das nicht. Der Satz ist ein Ritual und kein Versprechen, auf das man sich ernsthaft berufen kann."

„Mag sein, aber wenn ich mir vorstelle, mein Mann wäre mit einer anderen Frau so weit gegangen wie ich mit dir, hätte sich emotional so tief auf sie eingelassen wie ich mich auf dich, würde ich verrückt werden."

Schweigen.

Natürlich könnte er denselben Satz mit Blick auf seine Frau auch sagen – aber er will solche Gedanken nicht an sich ranlassen. Er will Kerstin – jetzt – und alles, was das zur Folge haben kann, muss dann durchlebt werden.

Aber die Folgen haben sich grad verabschiedet, weil es das Davor nicht geben wird.

„Auf die Treue!", sagt er leicht bitter und kippt sich den Rest Prosecco in den Hals. „Möchtest du noch etwas bleiben, oder wollen wir los?"

„Ich möchte los", sagt sie leise in einem entschuldigenden Tonfall.

Als sie im Fahrstuhl schweigend in die Tiefgarage fahren, fängt sein Kopf an zu rattern:

„Wo fängt Untreue eigentlich an? Bei Sympathie? Bei tiefen Blicken? Bei sehnsuchtsvollem Denken an jemand anderen? Bei innigen Umarmungen? Bei Küssen? Bei Zungenküssen? Bei Petting? Beim Austausch von Körperflüssigkeiten? Bei fehlender Zuwendung durch die Partnerin oder den Partner?

Oder bei der Lust auf ganz viel Leben?"

Auf einer Bank (2020)

Ein Frühlingstag in Schleswig-Holstein:

Grüner Rasen, gelbe Blumen, blauer Himmel mit weißen Tupfern.

23 Grad.

Hin und wieder lässt eine leichte Brise Gerhards schlohweiße Haare kurz aufsteigen.

Neben ihm Schatzi.

Auf einer Bank, im Schatten einer Kastanie.

Er hat einen Arm um ihre Schultern gelegt.

Schweigend lassen sie die Leute an sich vorbeispazieren: Alleingehende, Familien mit Kinderwagen und Hund, Gehbehinderte im Rollstuhl, Kinder auf Laufrädern, Paare jeden Alters.

Eine junge Frau sieht zu ihnen herüber. Sie lächelt und macht ihren Freund auf die beiden aufmerksam. Der Freund schaut, lächelt auch, nickt zustimmend und Gerhard weiß, dass die beiden sich das Gleiche sagen, was er als junger Mann sagte, wenn er ein inniges älteres Paar gesehen hatte.

Das Wagner-Experiment (2020)

(1/4)

Sophie ist außer sich, als sie in die Damentoilette stürmt, in der sich ihre Kolleginnen Linda und Mandy vorm Spiegel renovieren. „Dem habe ich eine gescheuert, die er so schnell nicht wieder vergessen wird! Packt mir mit beiden Händen von hinten an die Brüste und drückt mir seinen Dödel an den Hintern! Den mach ich fertig, dieses Arschloch, dieses Ungeheuer, dieses …"

„Wen meinst du?"

„Wagner, diesen blutarmen Verwaltungsfuzzi! Katzbuckelt vorm Chef und glaubt …"

„Der hat mich auch schon angegrapscht", meint Linda trocken.

„Was?!"

„Mich auch", ergänzt Mandy, während sie dicht vorm Spiegel ihren Lippenstift nachzieht.

„Und?! Was habt ihr gemacht?!"

„Ich habe ihm gesagt, dass ich ihn anzeige, wenn er das noch mal macht." Mandy zuckt resigniert mit den Schultern „Was soll ich sonst tun?"

„Ich fasse es nicht!" Sophie greift sich an den Kopf. „Und du, Linda?"

„Ich hab mich nur umgedreht und ihn einfach stehen lassen."

„Das ist nicht euer Ernst, Mädels." Sophies Blick wandert zwischen den Augenpaaren der beiden Kolleginnen hin und her.

„Der wagt das doch nur, wenn er besoffen ist", wiegelt Linda ab, „und heute feiert er nun mal Geburtstag mit seiner Abteilung."

„Der ist aber ganz schön oft besoffen, wenn hier drei Mädels aus der Firma stehen und wir alle drei schon das zweifelhafte Vergnügen hatten."

Das große Übel

Tags darauf machen die drei von der Damentoilette gemeinsame Mittagspause. „Ich bin Wagner schon wieder über den Weg gelaufen." Sophie rollt die Augen. „Und der hat schon wieder so schleimig geguckt."

„Ich frage mich seit Jahren, was bei Typen wie dem eigentlich abgeht. Warum saufen die so viel und wieso werden die dann spitz wie Lumpi? Mich macht Alkohol müde", sinniert Linda.

„Ich glaube, das liegt am Testoron", weiß Mandy.

„Testosteron!", korrigiert Linda.

„Das Zeug ist das größte Übel", fährt Mandy fort. „Das macht die Männer geil und aggressiv – furchtbar!"

„Geil ist doch geil, oder?" Linda hat damit gute Erfahrungen gemacht.

„Aber nicht, wenn dann die Gäule mit ihnen durchgehen und sie Frauen begrabbeln, die sich alles andere wünschen, nur das nicht!", fährt Sophie auf.

„Das liegt dann am Alkohol im Testoron."

„Soll das ´ne Entschuldigung sein, Mandy?"

„Man müsste das Testosteron an- und abschalten können, wie frau es gerade braucht", träumt Linda. „Vielleicht gibt es ja sowas wie Testosteron-Blocker."

„Check ich mal kurz!" Mandy nimmt ihr Smartphone zur Hand und gibt „Testoron-Blogger" ein.

Vom Rest der Welt

„Mister President, Gentlemen", hebt der Sprecher des Beraterstabs an, der sich im Oval Office vor dem Führungsstab aufgebaut hat. „Wenn wir jetzt nicht höllisch aufpassen, gehen wir dem Ende des Amerikanischen Jahrhunderts entgegen …"

„Quatsch, lassen Sie das dumme Gerede!"

Salat in Wein

Die drei von der Damentoilette verabreden sich zu einem gemeinsamen Kochabend bei Mandy, wobei ‚Kochabend' nur mäßig zutreffend ist, denn sie kochen kalt: leckere Salate! Dazu ein Gläschen Wein, denn frau lebt nicht vom Salat allein. Es wird viel geplappert und gelacht. Jede hat neueste Ernährungsweisheiten und zuckerarme Rezepte für die bevorstehende Weihnachtszeit.

Nach sieben Salatblättern und zwei Glas Wein werden die Geschichten schräger und das Lachen lauter. Als das Gespräch noch mal auf den Kollegen Wagner kommt, fällt Linda die Frage von neulich wieder ein: „Hattest du eigentlich etwas unter Testosteron-Blocker gefunden, Mandy?"

„Ja, war witzig, weil die Blogger mit ‚ck' geschrieben hatten. Das Internet ist eben auch nicht perfekt. Hab Screenshots gemacht, guckt mal hier!" Sie hält den Kolleginnen ihr Smartphone unter die Nase: „Da gibt es *Degularix*, das soll Testoron-senkend wirken

..."– „Testosteron", erinnert Sophie,

„... und *Maskural* und *Prostalin* sollen gegen eine vergrößerte Vorsteherdrüse helfen – auch durch Testoronreduzierung."

„Müsste man alle drei zusammenmischen und Wagner in den Kaffee tun", findet Sophie und schenkt sich noch mal nach.

Advent, Advent

„Ich hab die Pülverchen mal besorgt", jubiliert Mandy beim Mittagsspaziergang ein paar Tage später.

„Welche Pülverchen?"

„Na, die drei, die du zusammenmischen wolltest, Sophie!"

„??"

„Wegen Wagner!"

„Ach!"

„Ehrlich? Ich dachte, die wären verschreibungspflichtig?", staunt Linda.

„Es ist immer gut, wenn man jemanden kennt, der jemanden kennt!" Mandy kneift ein Auge zu.

„Und nun?", erkundigt sich Linda.

„Ich dachte, wir machen Sophies Plan mal wahr, mischen die Pulver und bringen sie irgendwie in den Wagner", schlägt Mandy vor.

„Wahnsinn! Du bist die Größte!" Sophie steigen Tränen der Rührung in die Augen. „Wir sollten Wagner den Cocktail vor der stets feuchtfröhlichen

Weihnachtsfeier verabreichen und dann mal gucken, ob er stillhält."

Rezeptur

Salat-,Kochabend' bei Sophie. „Von *Degularix* sollen bei der Ersteinnahme 8 Gramm verabreicht werden, von *Maskural* und *Prostalin* je 4", erklärt Linda, die die Beipackzettel gelesen hat.

„Macht 16 Gramm", findet Mandy heraus.

„Und das ist ein ganz schön großer Haufen Pulver, den kriegen wir in einer Tasse Kaffee nicht unter", gibt Sophie zu bedenken.

„Da müssen wir ihm schon eine Testoron-Torte backen," sinniert Mandy.

„Testosteron", korrigiert Sophie. „Außerdem sind 16 Gramm von jedem Medikament die jeweilige 100-Prozent-Dosis. Die Mischung würde Wagner wahrscheinlich lebenslänglich lahmlegen."

„Alle drei Medikamente sollen in wöchentlichen Abständen genommen werden", weiß Linda.

„Hm ...", überlegt Sophie, „die Weihnachtsfeier ist in vier Tagen ... Wenn wir erst mal mit der halben Dosierung anfangen ...?"

„Macht 8 Gramm", rechnet Mandy aus.

„Okay, die Rezeptur steht", beschließt Linda energisch, „jetzt brauchen wir nur noch einen Plan, wie wir das Zeug in den Wagner bringen."

Versöhnung

Zwei Tage vor der Weihnachtsfeier tritt Sophie Bergstein an den Kantinentisch, an dem Christian Wagner mit zwei Kollegen zu Mittag isst. In den Händen hält sie zwei vornehm gefüllte Gläser Sekt mit Orangensaft. Die Rechte streckt sie Wagner entgegen: „Wir beide hatten vor ein paar Tagen eine unschöne Begegnung. Ich finde, wir sollten das nicht einfach so stehen lassen, sondern daraus lernen. Wenn Sie einverstanden sind, exen wir diese kleine Mischung und spülen unseren Disput damit runter."

„Frau Bergstein", staunt Wagner, „das nenne ich mal souverän, damit hätte ich nie gerechnet, nicht von Ihnen. Find ich aber gut – also weg damit." Die beiden stoßen an und stürzen ihre Getränke hinunter. Wagner hat den Eindruck, dass der Orangensaft nicht mehr der Beste ist.

Weihnachtsfeier bei F. K. Meier

„Liebe Mitarbeiterinnen, liebe Mitarbeiter!"

„Der arbeitet doch gar nicht mit", flüstert Jörg Hansen seinem Nachbarn zu.

„Ich will gar nicht viel Worte machen."

„Na, hoffentlich", raunt Reichelt.

„Dann hör doch gleich auf", flüstert Schütz.

„Im Namen der Geschäftsleitung ...", ahnt Schröder.

„Im Namen der Geschäftsleitung möchte ich Ihnen ganz herzlich für den Einsatz danken, den Sie auch in diesem Jahr für Ihr Unternehmen gezeigt haben."

„Unser Unternehmen? Ist F. K. Meyer jetzt Volkseigentum?" Typische Bemerkung von Schmidt, diesem alten Steinzeit-Revoluzzer!

„Wir sind sehr glücklich, dass wir mit Ihnen ein so eingeschworenes Team haben ..."

„... das so reibungslos und effektiv zusammenarbeitet", ahnt Schröder.

„... das so reibungslos und recht effektiv zusammenarbeitet."

„Recht effektiv?" Schröder horcht auf.

„Leider muss ich an diesem schönen Abend ein wenig Wasser in den Wein gießen, dem einige von uns ja schon ordentlich zugesprochen haben. Ich hoffe, er hilft insbesondere den Kolleginnen und Kollegen aus der Marketingabteilung über den kleinen Schrecken hinweg, den ich Ihnen jetzt versetzen muss. Die Effektivität von Werbung und PR sehen wir nicht mehr als gegeben an, weshalb wir diese

Aufgaben im neuen Jahr an externe Agenturen übergeben werden. Die Kommunikation mit diesen Unternehmen wird einer unserer Geschäftsführer übernehmen. Gibt es dazu Fragen?"

Carsten Kessler stemmt sich hinter zwei leeren Maßkrügen aus seinem Stuhl und glotzt begriffsstutzig in Richtung Redner: „Heißt das ... also wollen Sie damit sagen ... sind wir gefeuert?"

„Bitte nicht diese Wortwahl, Herr Kessler! Wir haben lange mit uns gerungen, aber die Kosten Ihrer Abteilung sind für das Gesamtergebnis nicht mehr tragbar. Wir hatten Sie in den vergangenen Monaten mehrfach darauf hingewiesen, aber Sie haben das Ruder nicht mehr herumreißen können. Das ist höchst bedauerlich und am meisten bedauern wir von der Geschäftsleitung diese Entwicklung, das können Sie mir glauben, Kessler."

„*Herr* Kessler, wenn ich bitten darf!"

„So – aber ansonsten ist das Jahresergebnis sehr zufriedenstellend – da braucht sich niemand Gedanken zu machen. Wir planen im nächsten Jahr mit einer Steigerung von 4,3 Prozent, was sicher ohne viele weitere Überstunden machbar sein und uns eine neue fantastische Weihnachtsfeier ermöglichen wird. Bevor ich nun das Büffet eröffne, erhebe ich mein

Glas und sage danke, danke, danke. Ganz herzlichen Dank an Sie alle und auf ein weiteres erfolgreiches Jahr. Prosit! – Das Büffet ist eröffnet!"

Die Männer mit den dicksten Bäuchen stehen erstaunlich schnell auf und eilen in Richtung Bratkartoffeln, Wagner bleibt erst mal bei seiner Flasche Beaujolais, wie die drei von der Damentoilette genauestens beobachten. Die Leute aus der Abteilung Marketing und PR rücken zusammen und beginnen, mit der Unterstützung von zwei Flaschen Aquavit, die Aufarbeitung des soeben Gehörten. Als die Dicken mit zu vollen Tellern an ihre Plätze zurückkehren, hält Max Müller aus der Fertigung seine Zeit für gekommen. Er steht auf und klopft an sein leeres Glas.

„Oh nee, Troubadix!" Viele ziehen die Köpfe ein.

„Liebe Leute!", hebt Müller an. „Auch in diesem Jahr habe ich, der guten alten Tradition folgend, anlässlich unserer Weihnachtsfeier wieder ein heiteres Gedicht verfasst, das ich Euch nun vortragen möchte:

> Was viele von uns überhaupt nicht bedacht,
> auch in diesem Jahr gibt´s wieder Weihnacht
> mit einer schönen Firmenfeier
> hoch lebe die Geschäftsleitung von F. K. Meier
> … (Es folgen 16 Strophen) …!"

Innerlich hingerissen von seinem in diesem Jahr aber nun mal wirklich ganz besonders gut gelungenen Beitrag, hebt er sein leeres Glas in die Runde und strahlt die paar müden Klatscher dankbar an, die ihm den Gefallen tun.

„Oh Gott, dieser Müller", nörgelt Schröder seine Tischnachbarn an. „Ich glaub´, nächstes Jahr verkneife ich mir diese Veranstaltung!" Er gießt sich noch mal nach.

Der Discjockey ergreift die Gelegenheit der Rednerpause und dreht auf: „So jetzt aber holla, da geht sie ab, die Luzie – es darf getanzt werden!" *South of the Border* ist sein aktueller Start-Hit. Sieben Leute schleichen auf die Tanzfläche und beginnen mit dem Hintern zu wackeln. Im Rest des Saales beginnt man sich anzuschreien, um trotz der Musik noch so etwas wie ein Gespräch zu führen.

Nach noch einem Bier und zwei Kurzen beginnen die ersten Herrn unter dem Tisch die Schuhe abzustreifen und mit ihren Marken-Socken nach den Beinen einer Kollegin zu angeln. Wagner sitzt bewegungslos vor der zweiten Flasche Beaujolais und stiert in sein halbvolles Glas. Zwei Anglern gelingt die Unter-Tisch-Kontaktaufnahme zu zwei nicht prinzipiell abgeneigten Frauen, die übrigen bringen ihre Waden rechtzeitig in Sicherheit. Was leider zur Folge hat, dass hier und da ein Herr näher rückt, um die Verständigung besser zu machen.

Die Akustische, versteht sich.

Das veranlasst einige der beglückten Frauen spontan zum Tanzen, was mehrere Herren, die sich bereits den nötigen Mut angetrunken haben, unaufgefordert ebenfalls ins Disco-Fieber reißt. Die Dicken wackeln überwiegend mit ihrem Bauchfett, was die Hemden nass und aus dem Hosenbund rutschen lässt. Die Jüngeren, die sich in Fitness-Studios noch der Körperoptimierung hingeben, zeigen, dass das Geld gut investiert ist: In wilder Ekstase schütteln sie die muskulösen Oberkörper und machen der Damenwelt mit heftigen Hüftzuckungen klar, wie der Abend unvergesslich werden kann. Der Buchhalter als Rockstar, der Disponent als Tarzan!

Leider sind dies für die meisten Frauen Verlockungen, die keine sind. Nur Paula und Tom zucken schon auffällig schön synchron.

Wer ohne Disco-Fieber an eine Kontaktbörse will, begibt sich zu der Menschheit der Rauchenden.

Gequalmt wird vor der Tür. Anno 2020 ist es da in einigen Dezembernächten noch unter null Grad kalt. Aber auch bei plus 10 Grad legt der Kavalier gern sein Jackett um die Schultern der fröstelnden Kollegin – oder den wärmenden Arm. Das lassen sich viele

Damen gern gefallen, bis der Kollege anfängt, ihnen am Ohrläppchen zu knabbern. Dann ist es doch ein bisschen frisch und frau geht gern mal wieder rein.

Im Saal ist derweil die ganz große Trostlosigkeit ausgebrochen. Die Hälfte der Leute hat den Raum bereits verlassen. Bei brüllend lauter Musik bewegen sich zwei Paare auf der Tanzfläche, wovon die einen den beliebten Distanzwackeltanz aufführen, während die anderen den *Jive* aber mal in solcher Vollendung aufs Parkett legen, das sich bei den auf ihren Stühlen verbliebenen Herren die alten Sportverletzungen wieder sehr bemerkbar machen:

Tanzen?

Im Grunde gern, aber das Knie!

Stattdessen führen sie vor, was sie so alles an Alkohol zu sich nehmen können.

Tom hat das große Los gezogen, es sieht so aus, als würde er sich mit Paula heute einig werden. Die anderen Herren lassen unauffällig die Blicke schweifen: Irgendwelche Opfer noch zu haben? Auch Wagner steht auf und schaut in die Runde. Die drei von der Damentoilette machen sich gegenseitig darauf aufmerksam.

Marketing-Kessler ist hackedicht und wackelt mit dem Hemd aus der Hose und der Krawatte auf Halbmast von hinten auf den Stuhl vom Juniorchef zu und brüllt so laut, dass sogar der Discjockey aufblickt:

„Du verwöhntes Arschloch! Ich hau dir die Fresse weg! Weißt du, was der Rausschmiss für mich bedeutet? Ich hab ´ne Frau und zwei Kinder und grade neu gebaut!! Das geht jetzt alles in´ Arsch, du Arsch!!!" Er grabscht nach der Schulter von Meierlein, wie sie den Juniorchef spaßeshalber nennen.

Meierlein ist nach zwei Flaschen *Barolo* auch nicht mehr ganz so ‚suhwerähn', wie er gern wäre. Erregt springt er auf, schnappt sich Kessler an dessen Krawatte, ballt die rechte Faust und hebt den Arm drohend auf Schulterhöhe nach hinten.

„Schlaach doch ssu, du feige Sau!", brüllt Kessler und verzichtet lässig auf jede Deckung. „Ich fick deine Alte, wenn ..." BAMM! Der Schlag trifft ihn voll auf der Oberlippe, die sofort aufspringt und heftig blutet. Kessler torkelt rückwärts, die Augen ungläubig auf Meierlein gerichtet. Ein Stuhl hinter ihm, ein Stolperer, ein Sturz. Kessler schlägt mit dem Hinterkopf auf den Boden und bleibt regungslos liegen.

„Mega Fest", erkennt Mandy ironisch, während sie den triefenden Blicken von Jörg Hansen ausweicht.

„Achtung, Wagner scheint zu den Toiletten zu eiern, ich geh ihn mal testen", verkündet Sophie, macht einen Bogen um die Gruppe, die sich um den am Boden liegenden Kessler kümmert, und folgt Wagner mit gebührendem Abstand in Richtung Klos.

Nach handgestoppten 1:56 ist sie zurück und kommt an den Tisch der Kolleginnen gestürmt: „Mädels," kichert sie mit einer auffordernden Handbewegung, „das müsst ihr mit eigenen Augen sehen!"

Der Weg zu den Toiletten führt an der Garderobe vorbei – und schon dort kommt Christian Wagner in Sicht: Auf dem Boden sitzend, eingekuschelt in ein paar fremde Mäntel, im Arm eine Felljacke, von der er einen Zipfel wie ein Schmusetuch zwischen Wange und Nasenspitze hin und her schubbert, mit selbstverliebtem Blick nach innen.

„Bitte schön: Unser Grabbler!", präsentiert Sophie ihren Mitkämpferinnen den Erfolg ihrer Pulver-Einflößung: „Da hockt er nun. Schön betrunken und noch schöner harmlos. Mädels, wir haben ein Erfolgsrezept!"

Wichtig!

Die Namen der in dieser Geschichte erwähnten Medikamente sind erfunden. Sollten diese Namen tatsächlich auf dem Markt auftauchen, so hätte die in diesem Buch beschriebene Wirkung nichts oder nur zufällig etwas mit der tatsächlichen Wirkungsweise eines entsprechenden Medikaments zu tun.

Der neue Wagner (2020)

„Was ist bloß mit Wagner los?"

Die Leute in seiner Abteilung sind ratlos.

„Ich finde, der ist richtig nett geworden", urteilt Kollegin Lachmann.

„Anders ist er geworden, irgendwie total anders", diagnostiziert Schröder.

„Und zwar seit der Weihnachtsfeier, hab ich das Gefühl." Dass Reiner Reichelt Gefühle hat, ist auch neu für die Abteilung. Aber er hat nicht nur Gefühle, er hat auch recht.

Die Weihnachtsfeier ist jetzt vierzehn Tage her.

Wagner lässt seither nicht nur die Frauen in Ruhe, sondern ist ein sanftmütiger, zuvorkommender Kollege geworden, der auch bei kontroversen Diskussionen die Fassung behält, anderen nicht mehr das Wort abschneidet, nicht laut wird und öfter mal für alle etwas zu naschen mitbringt.

Was die drei von der Damentoilette zunehmend beunruhigt.

„Der kommt gar nicht wieder auf normal Null", sorgt sich Linda, „wir haben scheinbar mächtig über-dosiert."

„Der hat eine komplette Persönlichkeitsveränderung hinter sich!" Sophie weiß nicht, ob sie das gut oder schlecht finden soll.

„Vielleicht gibt es ja auch Testoron-Verstärker …"

„Testosteron!", korrigiert Sophie,

„… dann sollten wir ihm vielleicht mal eine Gegenladung geben", überlegt Mandy laut.

„Ich finde, wir warten die nächste Geburtstagsfeier in seiner Abteilung ab, dann wird er wieder ordentlich einen trinken und dann schauen wir mal, wie er sich verhält", schlägt Linda vor.

„Wann ist denn da die nächste Feier?", erkundigt sich Mandy.

„Warte mal, ich schau mal in die Geburtstagsliste … In 12 Tagen wird Frau Lachmann 48."

„Oh je, so lange noch?" Linda, die Männer mag, die zur richtigen Zeit am richtigen Ort ordentlich voll Testosteron sind, hätte Wagner gern früher erlöst, aber Sophie war im Grunde doch sehr glücklich über die Verlängerung der Wagner-Festspiele.

Vom Rest der Welt

„Mister President, Gentlemen", hebt der Berater an, der sich im Oval Office vor dem Führungsstab aufgebaut hat. „Wenn wir nicht höllisch aufpassen, gehen wir dem Ende des Amerikanischen Jahrhunderts entgegen …"

„MacWoodworth! Sie immer mit ihren finsteren Ankündigungen! Sie wissen doch, ich höre das nicht gerne."

„Ja, ich weiß, Mister President, aber die Anteile der USA und der EU am weltweiten Warenhandel sind in den letzten zwei Jahrzehnten insgesamt gesunken. Hingegen nahm der Anteil Chinas am Weltwarenexport allein zwischen 2000 und 2017 von 5,2 auf 16,2 Prozent zu, der chinesische Anteil am Weltwarenimport erhöhte sich von 4,4 auf 12,7 Prozent ..."

„Stopp! Erzählen Sie die Geschichte weiter, wenn die Chinesen über 30 Prozent sind."

Frau Lachmann wird 48

„Happy Birthday, Frau Lachmann, happy Birthday to you!"

„Hoch, hoch, hoch!" 16 Leute strecken ihr die vollen Gläser entgegen, jetzt auch drei Ladies aus der Buchhaltung, die zur Überraschung von Frau Lachmann dazugekommen sind. Die anderen Gäste haben allerdings schon eine Runde Vorsprung und insbesondere der Neu-Wagner ist gut dabei:

„Lachmännchen! Wie schön, dass du geboren bist, wir hätten dich sonst sehr vermisst!" schmettert er bester Laune.

„Vielen Dank, Herr Wagner!" Frau Lachmann strahlt ihn über ihr halbvolles Glas an. „Ich freue mich, dass wir uns in letzter Zeit so gut verstehen." Sie hebt das Glas zur Bekräftigung dieser Aussage leicht an.

„Ich werd nicht mehr", flüstert Mandy Linda ins Ohr, „ist der immer noch testoronfrei?"

„Testosteronfrei", verbessert Sophie leise.

„Hört sich so an", antwortet Linda besorgt. „Was machen wir bloß? Ist der für immer von aller guten und schlechten Männlichkeit befreit?"

Wagner stellt sein Glas ab und fragt in glitschigem Tonfall: „In letzter Zeit, Lachmännchen? Wieso in letzter Zeit? Waren wir nicht schon immer ein Traumpaar?"

„Nanu?", registriert Mandy diese Anfrage hoffnungsvoll.

Wagner geht leicht schwankend zur Tür: „Muss jetzt jedenfalls mal kurz für Königstiger!"

Sophie streckt Po und Brüste raus: „Jetzt kommt die Stunde der Wahrheit" und folgt Wagner in Richtung Sanitärbereich.

Die Zeit vergeht nicht.

Mandy und Linda sehen sich nervös an. Himmel, dauert das lange, ehe die beiden zurückkommen!

Da – die Klinke senkt sich langsam und die Tür öffnet sich.

Wagner betritt den Raum in übertriebener Lässigkeit und mit doofem Grinsen. Auf seiner linken Wange prangen vier feuerrote Fingerabdrücke.

„Er ist geheilt!", jubeln zwei Frauen aus der Buchhaltung.

Vom Wagner zum Weltmarkt (2020)

(3/4)

„Wir haben also ein Mittel gefunden, mit dem frau sich zudringliche Typen von der Bluse halten kann", resümiert Sophie zufrieden.

„Das ist eine Weltsensation für alle Frauen", freut sich Mandy. „Wir sollten uns ein Patent darauf geben lassen."

„Ich finde, dass wir unser Mittelchen auch den anderen Kolleginnen im Hause zur Verfügung stellen sollten", findet Sophie. „Wer weiß, wem Wagner noch alles an der Wäsche war."

„Aber an der Dosierung müssen wir noch feilen", insistiert Linda, die zu lange männliche Ausfallzeiten irgendwie bedrohlich findet. „Wagner war fast vier Wochen entmannt, das ist ja Quatsch, es geht doch eher um Sicherheit zu bestimmten Anlässen, oder?"

„Genau", stimmt Sophie zu, „am besten wäre eine Tagesdosis."

„Das ist wahr!" Mandy fängt an zu rechnen: „Unsere Mixtur bestand aus vier Gramm *Degularix* und je zwei Gramm *Maskural* und *Prostalin*. Diese Mischung hat Wagner rund 30 Tage lahmgelegt. Wenn acht Gramm unserer Mischung einen Mann

30 Tage entmannen, dann ist die Dosis pro Mann und Tag 8 Gramm geteilt durch 30."

„Das macht irgendwas bei 0,3 Gramm, wie wollen wir das denn wiegen?", grübelt Linda.

„Ich guck mal eben ins Netz." Mit ihrem Smartphone ist Mandy immer fix am Start: „0,3 Gramm wiegen … Da: Präzisionswaage mit einem Messbereich bis zu 100 Gramm und einer Teilung von 0,001 g (1 mg). Kostet 170 Euro."

„170 Euro durch drei, ist uns der Spaß das wert?"

„Logisch, zumal wir das Zeug ja auch nicht kostenlos abgeben werden", findet Sophie.

„Nicht?" Mandy und Linda sind überrascht.

„Natürlich nicht", klickert es bei Mandy, „Testoron ist ein Problem für alle Frauen …"

„Testosteron", korrigiert Sophie.

„ … daraus machen wir einen Weltvertrieb."

„Und zwar unter dem Namen *TestoZeron*", schlägt Linda vor, „wir nennen es *TestoZeron*!"

„Ja!! *TestoZeron*!!", jubiliert Sophie, nur Mandy ist noch bei der Verarbeitung:

„Hä? Ich denke das Zeug heißt TestoSTEron, damit nervt Sophie doch ewig!"

„*TestoZeron* ist ein Wortspiel für den Produktnamen unserer Mixtur: *TestoZeron* steht für Zero, also kein Testosteron!", erklärt Linda.

„Wahnsinn!", geht Mandy ein Kronleuchter auf. „Das ist Wahnsinn! Das ist mega! Ich fasse es nicht! Mit dem Namen können wir direkt in den Weltvertrieb gehen!"

„Aber erst mal sollten wir kleinteilig bleiben", bittet Sophie. „Wir bestellen die Waage, messen von unserer Mixtur drei Mal 0,3 Gramm ab und testen an unseren Männern, ob das ungefähr eine Tagesdosis ist."

„Wie soll das denn gehen?", erkundigt sich Mandy. „Wir pennen sowieso nicht jeden Tag miteinander, woher soll ich dann wissen, ob es an unserem Zeugs liegt, wenn nichts läuft?"

„Kriegst du deinen Mann teilweise zum Stehen, wenn du das willst, oder nicht?"

„Natürlich!" Mandy ist nicht unstolz auf ihre diesbezüglichen Fertigkeiten.

„Na also! Wenn du dem Teil mit den bewährten Methoden kein Leben einhauchen kannst, dann wird da ja wohl unsere Mischung die erweichende Rolle spielen", folgert Linda messerscharf.

Testergebnisse

Linda meldet: „Habe zwei Stunden nach Verabreichung die Wirkung getestet, keine Erregung und an den folgenden zwei Tagen auch nicht."

Mandy: „Habe die Wirkung vier Stunden nach Verabreichung getestet, keine Erregung und an den folgenden drei Tagen auch nicht."

Sophie: „Habe die Wirkung kurz nach der Verabreichung getestet, Schwänzchen hammerhart, musste Nackenverspannung vortäuschen, um abbrechen zu können. Eine Stunde Zeit gewonnen. Bei erneutem Anblasen keine Erregung und an den folgenden zwei Tagen auch nicht.

Damit, liebe Freundinnen der Grabbelgruppe Wagner, steht unsere Dosierung fest: 0,3 Gramm *TestoZeron* schützen nach knapp zwei Stunden für etwa zwei Tage vor sexuellen Übergriffen ..."

„... und Aggressionen", ergänzt Linda.

„Dann können wir ja mit dem Weltvertrieb beginnen", freut sich Mandy. „Wir treffen uns zwei Mal wöchentlich und füllen immer 3 Gramm in Fläschchen ab, dann können unsere Kundinnen zehn kritische Situationen entmannen! Eine Freundin kann einen Aufkleber mit dem Schriftzug *TestoZeron* basteln."

„Dürfen wir überhaupt ein eigenes Medikament auf den Markt bringen, gibt es da nicht womöglich Vorschriften?", dämpft Linda die Euphorie für Sekunden.

„Dürfen Männer Frauen einfach an die Wäsche gehen, gibt es da nicht möglichweise absolute Grenzen?", regt Sophie sich auf. „Wenn die sich nicht an die Regeln halten, tun wir das auch nicht!"

„Ich hol mal eine Flasche Prosecco!" Mit diesem Satz läutet Mandy die Gründungsfeierlichkeiten für den weltweiten *TestoZeron*-Vertrieb ein, deren aktuelle Kundengruppe allerdings erst in den drei Produzentinnen besteht.

Produktion

„Mein Kenner, der den einen kennt, von dem wir die Basisprodukte bekommen, hat einen Deal gemacht: Für tausend schwarze Euro im Monat besorgen die beiden uns unbegrenzte Mengen an *Degularix*, *Maskural* und *Prostalin*", strahlt Mandy.

„Tausend Euro?!", fahren Linda und Sophie erschreckt auf, aber Mandy hat schon gerechnet:

„Wenn wir 500 Fläschchen im Monat verkaufen, macht das zwei schwarze Euro Kosten pro Einheit. Plus Flasche, Aufkleber und 3 Gramm Grundstoffe, kommen wir auf 26,80 Kosten pro Fläschchen. Meint ihr nicht, dass es einer Frau 5 Euro pro Abend wert ist, dass sie unbeschwert feiern kann? Das wären für 3 Gramm, also zehn Anwendungen, 50 Euro pro Flasche ..."

„500 Flaschen?" Linda fasst sich an die Stirn.

„50 Euro?!" Sophie wird bleich.

„Stellt euch mal eine größere Party vor, bei der ein paar Typen sich so richtig die Kanne geben – und ihr steht mittendrin und wisst mit tiefer Ruhe und großer Sicherheit etwas von den Jungs, was die selbst noch nicht mal ahnen: Sie werden ganz lieb sein! Und dann erlebt ihr, wie sie immer ruhiger, freundlicher und zuvorkommender werden, egal wie lange der Abend auch dauert. Ist das ´ne 5-Euro-Prise *Testo-Zeron* wert?! Los, lasst uns offensiv rangehen, zurückrudern können wir immer noch." Mandy mausert sich zur Sales Direktorin.

Verkauf

„Mädels, alles wird gut!" Mandy spricht ganz ruhig. „In der ersten Woche haben wir allein bei den Kolleginnen von F. K. Meier 32 Fläschchen abgesetzt. Die haben es ihren Freundinnen erzählt. Machte schon 14 Tage später knapp 100 Fläschchen in einer Woche. Und diese 100 Frauen werden es auch ihren Freundinnen erzählt haben, jedenfalls verkaufen wir momentan um die 250 Fläschchen pro Woche – und ihr könnt euch selbst ausrechnen, wie diese Stückzahl sich steigern wird. Wir machen rund 23 Euro Gewinn pro Einheit, mal 250 sind schlappe 5.750 Euro die Woche, also 23.000 Euro im Monat. Zieht mal 30 Prozent für Rücklagen ab, falls es doch mal Stress wegen irgendwelcher Vorschriften gibt, dann sind wir bei etwa 16.000 netto. Geteilt durch drei macht gut 3.000 Taler für jede von uns und genügend Sicherheit für etwaige Unsicherheiten wie Gesetze und so. Es wird Zeit, dass wir uns von F. K. Meier verabschieden und uns mit den *International TestoZeron Fabrics* selbstständig machen."

„Jedenfalls so ähnlich", würgt Sophie sich die ‚Fabrics' runter. „Ich hol mal ´ne Flasche Prosecco."

Wenn der Sparkassen-Onkel erzählt

„So, meine Herren", hebt der Regional Sales Manager an, der sich vor dem Führungsstab der örtlichen Kreissparkasse aufgebaut hat. „Wie ist denn die Lage ..."

„... Schlecht, Herr von Stiefenhagen", unterbricht ihn Jan Dürrkopp, Local Manager Business Finance. „Ich war gestern auf dem jährlichen Neujahrs-Empfang unseres langjährigen Kunden F. K. Meier. Da ging es immer fröhlich und unverklemmt zur Sache – aber gestern haben wir nach dem Dinner den Kanon ‚Im Märzen der Bauer' geübt und die Kinder von Meierlein, wie sie den Juniorchef nennen, haben ein Blockflötenkonzert gegeben! Da ist jede Markt-aggressivität raus!

Und vor einer Woche war ich, ebenfalls hier im Ort, bei *Bettenburg*. Das gleiche Spiel! In den vergangenen Jahren kamen gegen 22 Uhr die bestellten Bunnys, jetzt lagen viele Mitarbeiter allein in den Betten des Verkaufsraums, manche mit einem Teddy im Arm! Null Power! Da ist nichts los mit der Firmenkultur in diesem unserem Lande! Das ist alles so weichgespült, da fehlt jegliche Aggressivität! Ich weiß wirklich nicht, wie ich da noch Kredite verkaufen soll!"

Große Pläne

„Ich schlage vor, dass wir uns um einen Kredit bemühen, um auf Maschinenproduktion umzustellen", schlägt Mandy sechs Monate nach Produktionsbeginn der Vollversammlung der Mitarbeiterinnen vor. „Wir sind jetzt acht Frauen in vier Küchen ..."

„... und gestern hat sich die globale Organisation *World Wide Women Power* gemeldet, die unser Produkt über ihr Netzwerk vertreiben will", ergänzt Sophie und Mandy fährt fort: „Da gehen Mengen weg, die wir nicht mehr in Handarbeit bewältigen können. Die Maschinen werden etwa 60 000 Euro kosten, wovon wir die Hälfte aus unseren Rücklagen bestreiten können. Der Rest muss über einen Kredit finanziert werden. Außerdem brauchen wir gewerbliche Räume und damit werden wir dann auch heftige Mietkosten zu tragen haben. Trotzdem: Wer ist dafür, dass wir diesen Weg gehen?"

Acht Hände gehen in die Luft von Mandys Küche.

„Okay, ich hol mal ein paar Flaschen Prosecco!"

In der Kreditklemme

„Nein, nein, meine Damen, das kommt gar nicht infrage! Sowas kann ich unmöglich finanzieren, das ist völlig illegal, was Sie hier machen! Ein Menstruationsschmerz-Medikament ist ein Medikament und muss über zahlreiche Prüfstellen, bevor es auf den Markt kann – nein, nein, tut mir leid, so geht das wirklich nicht", wehrt Jan Dürrkopp den Kreditantrag der just gegründeten Firma *Küchenschaben* ab. Es ist wie verhext, da traut sich schon mal eine Firma zu investieren, und dann machen die so einen illegalen Kram.

Vom Rest der Welt

„Mister President, Gentlemen", hebt der Sprecher des Beraterstabs an, der sich im Oval Office vor dem Führungsstab aufgebaut hat. „Hier unsere momentane Beurteilung der Weltlage:

Unser Hauptproblem ist und bleibt China. Die Anteile der USA und der EU am weltweiten Warenhandel sind …"

„… gesunken, das hatten wir schon. Gibt´s was Neues?"

„Ja Sir, Mister President! Während wir mehr und mehr Länder mit Wirtschaftssanktionen überziehen, gewinnt China diese Märkte wirtschaftlich und oft auch politisch. Durch unsere Zerlegung der Staaten im östlichen Mittelmeer und in Nord-Afrika haben wir viel politisches Terrain verloren, das dort insbesondere von Russland übernommen wird. Beides verschlechtert die globale strategische Position der USA.

Die erfolgreiche Afrika-Politik Chinas ist lange bekannt. In vielen afrikanischen Ländern bekommen wir weder wirtschaftlich noch politisch ein Bein auf die Erde …"

„Gut, gut, gut – das genügt", fährt der Präsident dazwischen, „ich brauche positive Meldungen, Per-spek-tiven!"

„Die Drohungen, deutsche Autos mit 25 Prozent Einfuhrsteuer zu belegen, haben Erfolg. Ihre Forderungen, dass Deutschland zur Vermeidung der Steuer viele Produkte unserer Landwirtschaft kaufen muss und unser Fracking-Öl, funktioniert. Entsprechende Anlagen werden gebaut. Auch der nächste Schritt, die Blockade von *Nordstream 2*, scheint zu greifen. Man wird mehr Öl von uns benötigen und auch Ihre Forderung nach zwei Prozent Rüstungsetat vom BSP wird nach und nach umgesetzt. Kein Land hat seine Rüstungsausgaben 2019 so massiv erhöht wie Deutschland.

Die große Gefahr bleibt aber China ..."

„Fangen Sie nicht schon wieder damit an, Mann! Das Problem China lösen wir weder wirtschaftlich noch politisch, das lösen wir amerikanisch."

Miese Krise (2020)

(4/4)

„Mädels, wie ihr sicher auch mitbekommen habt, ist die Lage sehr ernst", verkündet Sophie der Vollversammlung der acht *Küchenschaben*. „Es sieht so aus, als ob die USA einen Angriff auf China führen werden. Der US-Präsident stößt offene Drohungen aus und ich frage mich, ob wir ihm seine aggressiven Pläne auf irgendeine Weise noch wegtestozeronieren können."

„Dann müssten wir wohl ganz Washington bestäuben", fürchtet Mandy. „Da brauchen wir Tonnen von *TestoZeron*. Wie soll das gehen, jetzt, wo wir keinen Kredit bekommen und weiterhin auf Handarbeit angewiesen sind?"

„Zumal das ja angeblich schon in fünf Tagen losgehen soll. Ich sehe da keine Chance", fürchtet Linda.

„Ich dachte mir, dass ich mal die US-Gruppe von *World Wide Women Power* frage, ob die eine Möglichkeit zum Eingreifen haben", Sophie lässt nicht locker. „Wir können von hier natürlich nichts machen, aber vielleicht geht ja was vor Ort?"

Zuviel quadratische Meter

„Hey, die Antwort aus den USA ist schon da!", freut sich Sophie Stunden später. „Ich übersetze mal:

Hallo Girls,

danke für eure Initiative. Super Idee! Vielleicht gibt es tatsächlich eine kleine Chance, den Angriff zu verhindern. Eine von uns arbeitet in der Firma, die die Klimaanlagen der Regierungsgebäude betreut. Sie ist im Service, sicherheitsüberprüft und bereit, ihren Job für die gute Sache aufs Spiel zu setzen. Aber: Das Pentagon, unser Kriegsministerium, hat eine Bürofläche von mehr als 340 000 Quadratmetern in 50 Gebäuden, in denen rund 23 000 Menschen arbeiten. Wir müssten also an 50 Punkten insgesamt fast 200 Kilo von eurem Zeug einblasen, wenn die Leute ein paar Tage testosteronfrei sein sollen – vergesst es!

Auch das Weiße Haus ist viel größer als die Villa, die immer im TV zu sehen ist. Der Gesamtkomplex hat 5100 Quadratmeter und rund 400 Menschen laufen da täglich raus und rein. Auch das kriegen wir nicht in Gänze lahmgelegt. Das Einzige, wo wir sinnvoll einblasen könnten, ist die Klimaanlage des Oval Office.

Dort aktiv zu werden macht natürlich nur Sinn, wenn der Präsident in genau dem Büro ist. Wann das zutrifft, wissen wir nicht – und wir haben nur die eine Chance, denn unsere Frau kann da nicht mehrmals in drei Tagen zum Service erscheinen.

Trotzdem werden wir es versuchen.
We shall overcome!
Joana."

„Scheiße! Das ist ja wie Lotto, ich finde das Risiko für die Frau zu groß!" Mandy ist enttäuscht.

„Wie viel Risiko ist angemessen, um gegebenenfalls einen Weltkrieg zu verhindern?!", fragt Linda spitz.

„Mädels!", geht Sophie dazwischen, „Ich werde Joana schreiben, dass wir die Frau von der Aircondition-Firma anbeten für das, was sie zu tun bereit ist. Und dass wir versuchen können, die nötigen Mengen *TestoZeron* noch per Luftfracht rüberzuschicken. Morgen sind es ja angeblich noch vier Tage bis zum Angriff."

Viele Fragen

Neues von Joana, freut sich Sophie: „Die Aircondition-Frau macht es und sie haben in ihren Reihen genug *TestoZeron* zusammengekratzt, um das Oval Office üppig bestäuben zu können. Ob die Dosis dann reicht, um über die Luft wirksam zu werden, weiß kein Mensch. Und ob der Präsi zu der Zeit da ist, natürlich auch nicht. Hilfe, ist das aufregend!" Sophie muss sich setzen.

Dicke Luft

Acht *Küchenschaben* sitzen ab jetzt nahezu 24 Stunden vor Mandys Monitor, um zu checken, ob die Bestäubung funktioniert. Auch die olle *Tagesschau* gehört zu den beobachteten Medien: „Der amerikanische Präsident wiederholte gestern Nacht sein Ultimatum an China. Entweder China verzichte innerhalb der nächsten drei Tage freiwillig auf die Inseln im Südchinesischen Meer oder man werde die chinesische Führung dazu zwingen ..."

„Scheiße, der hat noch nichts geschnuppert", stellt Mandy enttäuscht fest. „Wissen wir, wann Frau Aircondition einblasen wollte?"

„Nee, keine Ahnung."

Dünnes Eis

„Guten Abend, wir begrüßen Sie zur *Tagesschau*. Die amerikanische Flotte im südchinesischen Meer meldet Kampfbereitschaft. Die chinesische Führung warnt die USA vor einem vernichtenden Gegenschlag ... Das amerikanische Ultimatum läuft in zwei Tagen ab ..."

„Was ist denn bloß los?!" Mandy ist verzweifelt. „Der Typ sitzt doch da im Oval Office. Hoffentlich haben sie unsere Aircondition-Frau nicht geschnappt!"

Dammbruch

„Guten Morgen, sehr geehrte Damen und Herren, wir begrüßen Sie zu einer morgendlichen Sonderausgabe der *Tagesschau*. Einen Tag vor Kriegsbeginn gab es eine Live-Schaltung von *Fix New* ins Weiße Haus, die als historisch bezeichnet werden muss. Hier eine Aufzeichnung des Interviews in deutscher Übersetzung:"

„Guten Tag Herr Präsident ... Hallo? ... Herr Präsident, können Sie uns hören?"

„Ja, ja, ja – was gibt´s denn?"

„Entschuldigung, bauen Sie gerade eine elektrische Eisenbahn auf?"

„Ja klar, macht Spaß!"

„Herr Präsident, heute läuft Ihr Ultimatum an die chinesische Staatsführung ab ..."

„Ja, ja, aber das darf man nicht so ernst nehmen."

„Wir stehen unmittelbar vor dem Ausbruch eines Weltkrieges und das sollen wir nicht ernst nehmen?"

„Wieso Weltkrieg? Ich habe einfach mal versucht, die Chinamänner mit ein paar Drohungen in die Knie zu zwingen, aber das scheint ja nicht zu klappen."

„Herr Präsident, würde es Ihnen etwas ausmachen, sich vom Teppich zu erheben und an Ihrem Schreibtisch Platz zu nehmen?"

„Ja, würde es."

„Herr Präsident, geht es Ihnen gut?"

„So gut wie schon lange nicht mehr!"

„Wo sind Ihre Berater?"

„Die waren bis eben noch hier, jetzt holen sie ihre Spielsachen von zu Hause und kommen dann zurück, denke ich."

„Also gut. Die reine Androhung eines Krieges hat nicht zu dem gewünschten Erfolg geführt. Werden Sie jetzt den Befehl zum Angriff geben?"

„Ach Quatsch!" Der Präsident setzt sich zwischen Gleisen, Lokomotiven, Bahnhöfen und Brücken aufrecht auf den Teppich und gibt die Antwort, mit einem Speisewagen in der Rechten, direkt in die Kamera:

„Leute ... äh ... liebe Landsleute!

Krieg ist das Schlimmste, was Menschen Menschen antun können, das ist mir heute Morgen klargeworden. Okay, es mag sein, dass China, eventuell mit Russland an seiner Seite, künftig die wirtschaftliche und militärische Führung der Welt übernimmt – aber was heißt das schon? Solange das nicht bedeutet, das ihr, meine lieben amerikanischen Brüder und Schwestern, Lebensqualität verliert, ist das doch scheißegal, äh, tschuldigung, nicht relevant. Worum geht es denn im Grunde allen Menschen? Sie wollen gesund sein, trinken, essen, lernen, lieben und spielen. Asiaten wie Amerikaner, Europäer und

Afrikaner – ach so – und die …äh … die Australier und Neuseeländer natürlich auch.

Ich habe unserer Flotte im südchinesischen Meer heute den Befehl zum Baden gegeben und wünsche allen Menschen ein gutes Leben."

Krach!

Die *Küchenschaben* fahren zu Tode erschreckt herum. Mandys Wohnungstür wurde aufgetreten und fünf vermummte Typen in Kampfuniform kommen mit vorgehaltener Maschinenpistole hereingestürmt: „Wer ist Sophie Bergstein?", bellt einer der Gestalten unter seiner Maske.

Sophie zittert: „Ja …?"

Sie haben einen Mailaccount *ttz at küchenschaben Punkt de*?"

„Ja …?"

„Anziehen, Zahnbürste einpacken, mitkommen. Sie werden beschuldigt, bei einem Anschlag auf den amerikanischen Präsidenten mitgewirkt zu haben."

Der Tod des Erbsenkönigs (2020)

Ein Kriminalroman in möglichst platten Tüden

Kiesweg 23a

Seine Hand war ganz ruhig, als er die Waffe hinter der offenen Treppe, im schummrigen Licht des Kellerraums, auf den Hinterkopf von Mark Palmann richtete. Langsam krümmte er den Finger am Abzug, was ein leicht knirschendes Geräusch machte. Palmann drehte sich überrascht um, da traf ihn das Geschoss direkt vor dem linken Gehörgang.

Hauptstraße 121

‚Und weil der Mensch ein Mensch ist, der Klingel-Jingle seines Smartphones riss den Unterhauptkommissar aus seinem Aktenstudium: „Mordkommission Tribüll, Stocher?"

„Hallo Stocher, hier Nebel. Wir haben eine Leiche ohne erkennbare Todesursache. Sicher nur Routine, aber ihr müsstet mal kommen."

„Kaum versucht man mal Ordnung auf seinem Schreibtisch zu machen, ruft garantiert ein Streifenhörnchen an. Wohin geht die große Fahrt?"

„Kiesweg 23a."

„Kiesweg? Da wohnen doch die mit dem dicken Schotter – sterben die auch?"

„Sieht so aus. Und das im Keller am Erbsendosenregal."

„Wie jetzt, ist es der Palmann, den ihr da habt?"

„Ich würde sagen, ja."

„Ach du Kacke, lass bloß die Medien da raus, bis wir da sind."

„Logo."

Er wandte sich bewusst entspannt an seine neue Praktikantin: „Nebel hat einen Toten, der nicht mehr lebt. Wahrscheinlich Palmann. Keine Gewalteinwirkung erkennbar, also wohl Routine, kommst du mit?"

„Klar." Roswita Hasenschön, Semiunterassistenzkommissarin im Praktikum, war sehr neugierig auf das echte Polizeileben.

Kiesweg 23a

„Hm, nichts von äußeren Einflüssen zu sehen", schätzte Unterhauptkommissar Stocher die Lage ein, als er auf den toten Palmann blickte. Der mächtige Körper lag leicht nach links verdreht auf dem Boden, neben einer Dose Erbsen, die er offenbar gerade aus einem Regal genommen hatte. Sein kahler Schädel war mit Sommersprossen und Altersflecken übersät und hatte auf der linken Seite, mit der er auf den Kellerboden geprallt war, etwas geblutet.

„War die Spusi schon da?", stocherte Stocher im Nebel.

„Haben wir nicht angefordert, sollten wir?"

„Nee, gibt eigentlich keinen Grund, da habt ihr Recht – ist ja nix zu sehen, was irgendwie nach irgendwas aussieht. Aber bringt die Super-Erbse auf jeden Fall in die Pathologie, bei Promis gehe ich lieber auf Nummer sicher."

Palmann war mit seiner Gemüsefabrik ein erfolgreicher Geschäftsmann gewesen und wurde in der Gegend nur ‚der Erbsenkönig‘ genannt.

Stocher stieg hinter Roswita Hasenschön hinauf in den Wohnbereich des Hauses und erfreute sich an dem runden Hintern vor seiner Nase.

„Zunächst mein herzliches Beileid zum überraschenden Tod ihres Mannes", begann er das Gespräch mit der Erbsenkönigin.

„Danke für Ihre Anteilnahme. Ich kann es noch gar nicht fassen, er war doch erst Anfang 60."

„Und gesund?"

„Wie das so ist mit 60. Zipperlein hier, Zipperlein da – und kürzlich hat er einen Stent bekommen, das war aber alles völlig unaufgeregt und problemlos."

„Einen Stent am Herzen?"

„Ja – Arterienverkalkung – aber nichts Besorgniserregendes, haben die Ärzte gesagt."

„Ich bin kein Arzt, wie Sie wissen, aber ich tippe tatsächlich auf Herzinfarkt. Wir bringen ihn in die Pathologie, damit Sie und wir Gewissheit haben, okay?"

„Ja, danke."

„Haben Sie zum Todeszeitpunkt irgendetwas Ungewöhnliches im Haus bemerkt?"

„Nein, nichts."

„Okay danke, das war´s für heute. Also zurück zu unseren Akten, Hasenschönchen."

Während sie auf seinen VW Sharan zusteuerten, fragte sie: „Wieso fährst du eigentlich noch diese alte Riesenkarre? Ist das ein Diesel?"

„Nee, ist ein Benziner. Stammt noch aus den Zeiten einer vierköpfigen Familie und einer Musikgruppe mit Anlage und Schlagzeug." Sie stiegen ein, er drückte den Startknopf und ließ den Wagen langsam aus der Parklücke rollen.

„Verkauf doch das Teil und hol dir einen mit Elektroantrieb."

„Ich denke es ist am ökologischsten, wenn ich diesen Wagen fahre, bis er auseinanderfällt, sonst fährt irgendwer ihn irgendwo weiter und ich knatter mit der nächsten Kiste durch die Welt. Nur wenn ich ihn in die Schrottpresse geben und mir dann einen Umweltfreundlicheren kaufen könnte, wäre das eine Alternative, am besten einen mit Wasserdampfantrieb. Kann ich mir aber nicht leisten; ich bin schließlich Polizist und kein Erbsenkönig. – Und auch kein Fahrradfahrer, um deinem nächsten Vorschlag schon mal vorzubeugen!"

Stockweg 3

Nach Feierabend holte Stocher sich drei Frikadellen bei EDEKA. Alle im Kommissariat, egal ob Unter-, Über-, Haupt- oder Zwischenkommissar oder -in aßen Frikadellen, Fleischfrikadellen, versteht sich, auch wenn Tribüll relativ dicht am Kieler Fischfrikadellenstrand liegt.

Der Aufstieg in den dritten Stock des Mietshauses am Stockweg ging trotz seiner 57 Jahre noch recht flott. Hatte mit seiner Ex mal was Eigenes angefangen, aber nach der Scheidung wollte und konnte er es nicht allein finanzieren, da er für Frau und Kinder mächtig abdrücken musste. Seither wohnte er in seiner Bude am Stockweg, die inzwischen aussah wie die Bude eines seit Langem alleinstehenden Mannes: keine Pflanze, keine Kerze, Kleidung über Stuhl- und Sessellehnen, sowie eine umfangreiche Sammlung leerer Flaschen auf der Küchenarbeitsplatte.

Stocher war, nach den aktuell geltenden Schönheitsnormen, kein schöner Mensch. Dünne Haare bummelten schlecht geschnitten auf seinem runden Kopf, mit dem starken Bartschatten. Was oben fehlte hatte er über den Augen reichlich: das Grauen der Brauen. Er war beileibe kein Theo Waigel, aber ein Wai war er schon, gel? Seine Augen saßen etwas zu dicht an der fleischigen Nase, hatten aber einen warmen Blick, trotz all des Übels, das sie im Laufe eines langen Berufslebens gesehen hatten. Sein Mund war schön: volle Lippen, amtlich geschwungen mit dahinterliegenden gut sortierten und strahlenden Zähnen. Hatte er mal bleachen lassen – damals während der Ehe. Nicht so krass wie der allseits beliebte Fußballtrainer Kloppo, der mit seinen ‚überschneeweißstrahlenden' Riesenhauern nachts die Straßenbeleuchtung ersetzten könnte, sondern so, dass es natürlich wirkte. Hals hatte er keinen, aber dafür umso mehr Körper, breitschultrig und mit deutlich erkennbarem Schwerpunkt in der Leibesmitte. In der Hose steckte ein knackiger, aber nicht sehr gut ausgebauter Hintern, der wiederum auf zwei zu kurzen Beinen saß, denen er die Gesamtkürze von 1 Meter 64 verdankte – wobei von Dank keine Rede sein konnte, denn er fand sich deutlich zu klein.

Stocher legte die Frikadellen in die Pfanne, die ohnehin noch auf dem Herd stand, um die Klopse aufzuwärmen. Große Scheibe Graubrot in den Toaster, Frikadellen drauf, mit Senf und Ketchup bestreichen, ein doppeltes Spiegelei drüber - fertig war eines seiner Lieblingsgerichte. Dazu einen guten Riesling, irgendwas im *Deutschlandfunk* oder auf *NDR Info* und schon war dies sein FEIERabend.

Oder sagen wir so: Er hätte sich den Abend gern als FEIERabend vorgelogen, aber seit gestern war Winterzeit. Es wurde wieder scheiß früh dunkel, es nieselte und im Radio erzählten sie ihm etwas vom Dieselskandal, der Krise im deutschen Automobilbau, einem bevorstehenden Wirtschaftsabschwung, dem Austritt Englands aus der EU und einem unberechenbaren US-amerikanischen Präsidenten.

Radio aus.

Fernseher an.

Politische Talkshow – nein, danke.

Irgendwo Sport? Ja, Fußball aus der dritten Englischen Liga. Immerhin.

Kiesweg 23a

Inge Palmann war traurig über den Tod ihres Mannes.

Jetzt nicht direkt todtraurig mit Heulkrampf und so, aber irgendwie irritiert und negativ berührt, dass der Mensch, mit dem sie gut 40 Jahre gelebt hatte, nun nicht mehr unruhig durchs Haus tigerte und nach irgendeiner Beschäftigung suchte, die nichts mit Haus, Haushalt oder Garten zu tun hatte. Gern hatte Palmann immer wieder überlegt und berechnet, ob es Sinn machen würde, auch noch ins Bohnengeschäft einzusteigen oder ins Erbsen und Wurzeln. Aber wieder und wieder stellte sich heraus, dass die Erzeuger- und Vertriebswege längst zementiert waren und auch die besten Beziehungen daran nichts rütteln konnten, denn auch andere hatten beste Beziehungen.

Frau Palmann hatte sich wieder und wieder mit geheucheltem Interesse auf seine bohnalen Überlegungen und Kalkulationen eingelassen, damit er bloß nicht übellaunig wurde. Er wurde leicht übellaunig, denn er war im Grunde schwer gelangweilt. Ab und zu kam es mit dem Finanzberater zu einem feurigen Meinungsaustausch über die Frage, ob man Palmanns Erbsen-Millionen in neue Anlagemodelle umschichten sollte oder nicht. Am Ende sollte man in 99,7 Prozent der Fälle nicht, aber Mark Palmann war irgendwie erfreut, mal wieder ein scheinbar sinnvolles Gespräch geführt und das eigene Leben doch noch irgendwie selbst in der Hand zu haben.

Trotz allem: Sie hätte sich nie beklagt über das Leben an der Seite des Erbsenkönigs. Nicht über die Anfangszeit, als er Tag und Nacht mit dem Aufbau der Erbsen-in-Konserven-Welt versunken war, sie aber noch gelegentlich Sex miteinander hatten und auch nicht über die letzten Jahre mit viel überspielter Langeweile, ohne Zärtlichkeiten und ohne Sex. Eigentlich war das Leben ohne Sex sogar unkomplizierter geworden, wenn sie ehrlich zu sich war. Außerdem hatte sie ja sonst alles, was sie sich je erträumt hatte: Ein wunderschönes Haus, das ganz nach ihren Vorstellungen eingerichtet war, Putzfrau, Gärtner, Privatkoch, feinste Lieferservices, Kleiderschränke voller edler Garderobe, 614 Paar Schuhe (hatte ihr Mann immer behauptet), Maniküre, Pediküre und Frisörin, die ins Haus kamen, einen *Porsche* in der Garage und natürlich ihre ehrenamtliche Tätigkeit bei den Lions-Damen.

Niemand dort oder irgendwo hätte gedacht, dass sie fast gleichaltrig mit ihrem Mann war.

Anfang 60!

Ihr volles grauweißes Haar, das sie selbstbewusst ungefärbt trug, fiel großgelockt bis tief in den Nacken. „Meine Löwinnenmähne", sagte sie geschlechtlich korrekt und inhaltlich fraglich, weil Löwinnen nun mal keine Mähne haben. Die Augenbrauen zupfte sie sich selbst zu geschwungenen Bögen über amtlich geschminkte Lidschatten, die schon am frühen Vormittag leicht lebenssatt in die braunen Augen hingen. Ihre sehr rosa gepuderte

Gesichtshaut war noch erstaunlich straff, rein und feinporig, jedenfalls, wenn man sie nicht in gleißendem Licht sah („Gute Kosmetik macht sich einfach bezahlt."). Ihre schmale gerade Nase endete über einem schmallippigen Mund, der mit etwas zu kräftigem Lippenstift auf sinnliche Größe geschminkt wurde. Das Kinn zeigte erste Anzeichen von Schlaffität, aber der Hals war noch ebenso makellos wie das Dekolleté, das an seinem unteren Ende allerdings andeutete, das die dazugehörigen Glocken schon etliche Jahre nicht mehr geläutet worden waren und nur dank eines kräftigen Tragegeschirrs noch den Anschein von prallem Leben erweckten.

Ärmellose Kleider trug sie nicht mehr und sie wusste, warum. Ihrer Gestalt sah man an, dass sie gut gelebt hatte, ohne dass man sie hätte füllig nennen dürfen. Ihre Beine waren schön, einfach schön, besonders, wenn die Füße in halbhohen Pumps steckten. Zuhause steckten sie meist in Strumpfsocken, wenn Mark nicht da war. Und Mark war nicht da, sondern seit drei Tagen in der Pathologie.

Sie ging zum Briefkasten und nahm einen Stapel Post heraus, der überwiegend aus Beileidsbekundungen bestand, die wahrscheinlich überwiegend von den Sekretärinnen der Geschäftspartner stammten. Ein Umschlag war allerdings ohne Adresse und Absender:

Sehr geehrte Frau Palmann,

herzliches Beileid zum plötzlichen Tod Ihres Mannes.

Leider kann ich Ihnen die Tatsache nicht ersparen, dass Ihr Mann 1,5 Mio. Spielschulden bei mir hat, die ich unbedingt zurück benötige. Ich kann Ihnen dazu einen handschriftlichen Schuldschein Ihres Mannes vorlegen. Wenn Sie bereit sind, sich in der Sache mit mir zu einigen, schalten Sie bitte folgende Kleinanzeige im Tribüller Wochenblatt: „Spieleabend! Wer hat Lust, eine Spielegruppe zu gründen? Bitte melden unter Chiffre 23."

Hauptstraße 121

„Hä?!" Stocher starrte erst auf den Briefbogen und dann auf Hasenschönchen, wie er seine Semiunterassistenzkommissarin im Praktikum gern nannte. „Fingerabdrücke?"

„Keine – nur die von Frau Palmann."

„Und der lag einfach so im Briefkasten?"

„Einfach so."

„Ich glaub, das ist ein ganz billiger Trick, einer reichen Frau im Schockzustand Taler aus dem Kreuz zu leiern. Einfach vergessen. Wenn der koscher wäre, hätte er sich ganz normal mit ihr verabredet und ihr den angeblichen Schuldschein gezeigt, der Spinner."

,Und weil der Mensch ein Mensch ist', sein Smartphone musizierte mal wieder. „Mordkommission Tribüll, Stocher?"

„Pathologie, Mordhorst! Moin, Jan. Dein Palmann sieht soweit okay aus, keine Spuren äußerer Gewaltanwendung, keine Vergiftung, kein gar nix, einfach ein Infarkt."

„Prima, dann ist die Sache für uns erledigt! Danke, Frank."

Kiesweg 23b

Ratlos blickte Lukas, der sechsjährige Enkel der Palmanns, auf sein Spielzeug. Er hatte Opa nur einen Streich spielen wollen, als er sich in den Keller geschlichen hatte. Hatte „Opa Erbse" am Erbsenregal mit einer Erbsenpistole erschrecken wollen. Hatte auch geklappt – nur dass Opa dann umgefallen war, das hatte Lukas sehr überrascht. Da war er schnell wieder zu sich ins Nebenhaus geschlichen.

Der Uhr (2009)

Es war einmal ein Uhr.

Ein männlicher Uhr, mit Namen Hans.

Da es ein sehr junger Hans war, wurde er Junghans gerufen.

In den 40er und 50er Jahren des letzten Jahrhunderts tickte er als Küchenuhr völlig richtig, dennoch landete er zu seiner Empörung in der Schublade eines Kellerschranks, wo er die nächsten Jahrzehnte in tiefer Finsternis ruhte. „Unmodern" war das Wort, das ihm nicht mehr aus der Keramik ging.

Im Sommer 2009 entdeckte Klaas, der gut 20-jährige Enkel der Besitzerin, den jungen Hans, zog ihn vorsichtig heraus und hielt ihn triumphierend seiner Mutter entgegen: „Guck mal, kultig, oder? Ist das nicht etwas für euch?" Sie war sich nicht ganz sicher: „Frag mal deinen Vater."

„Klasse", urteilte dieser, „weißgelbe Puddinglook-Keramik! Kommt an die Stelle der alten Tchibo-Plastikuhr in die Küche."

Die Tchibo-Plastikuhr war die zentrale Zeitgeberin im Hause. Sie war aus vielen Blickwinkeln gut zu sehen und ging immer richtig – es sei denn, ihr wurde aufgrund alter Batterien der Kreislauf schwach. Dann geriet das ganze Leben durcheinander, denn die Familie verließ sich derart auf sie, dass man ihr ein Nachgehen von 20 oder 30 Minuten immer noch abnahm – und entsprechend zu spät kam. Erst dann stellte man irritiert fest: Unsere Küchenuhr geht wohl falsch!

Insofern musste der alte Junghans erstens ticken und zweitens richtig. Aber schon Punkt eins war nicht ohne weiteres zu erreichen, denn das Ticken verlangte nach einem blechernen Herzschrittmacher, einem vierkantigen Spezialschlüssel zum Aufziehen des manuellen Uhrwerks. Es dauerte Wochen, bis die Familie ein passendes Ding beschaffen und den Junghans wieder in die aktuelle Zeit versetzen konnte.

Aber: Er verlor gut drei Minuten pro Stunde.

Der Vater hängte ihn trotzdem schon mal an die Wand, einfach, weil er ihn so gern leiden mochte. Um aber der Schönheit nicht die Pünktlichkeit zu opfern, spendierte er dem Keramik- Junghans zwar den amtlichen Uhrennagel, aber darunter, auf die Arbeitsplatte, stellte er zusätzlich die zuverlässige Plastik-Tchibo.

Leider war schon nach Tagen klar, dass der alte Junghans nicht wieder auf das Tempo der Tchibo kommen würde.

Das merkte er natürlich auch selbst.

Insofern konnte nie geklärt werden, ob er mit seinem kräftigen Federuhrwerk den Nagel versehentlich aus der Wand lostickte, oder weil er sich zu sehr zur flotten Tchibo hingezogen fühlte. Man weiß ja, wie haltlos alte Junghanse reagieren, wenn die holde Weiblichkeit lockt, selbst wenn sie erhebliche Plastikanteile hat ...

Jedenfalls schlug er knapp neben ihr auf und brach sich die Keramik.

Glaube, Liebe, Unglaube, Hoffnung (2020)

Die höchste Stufe der gedanklichen Einigkeit mit Christen erreichte der ungläubige Klaus-Dieter, als ein Text der sehr gläubigen Dorothee Sölle vorgelesen wurde. Dieser besagt sinngemäß, dass ein tiefes christliches Mit- und Füreinander immer an den Punkt kommen wird, an dem das auf Egoismus basierende kapitalistische System der Mitmenschlichkeit grausame Schranken setzen wird. Und dass es darum ein christliches Anliegen sei, dieses System zu überwinden, zugunsten eines humaneren.

Wilde Diskussionen der Anwesenden: „Der Sozialismus war auch inhuman!" – „Stasi!" – „Bautzen!" – „Mauer!" – „Er hat nicht funktioniert!"

Klaus-Dieter meinte dazu erfreulich unaufgeregt: „Egal wie wir die bisherigen Versuche beurteilen, einen lebens- und liebenswerten Sozialismus auf die Beine zu stellen: Der Traum von einer weltweit humanen, solidarischen und dadurch friedlichen Menschheit wird immer lebendig sein. Wenn wir diesen Traum nicht mehr träumen und wenn niemand mehr darum kämpft, ihn wahr zu machen, dann ist das, was wir heute an Gesellschaften und Zuständen haben, das Ende der menschlichen Entwicklung – und ich hoffe, das möchte niemand."

Danke!

Max

Zeitfracht Medien GmbH
Ferdinand-Jühlke-Straße 7
99095 Erfurt, Deutschland
produktsicherheit@kolibri360.de